加能作次郎ノート

杉原米和

りょうゆう出版

晩年の加能作次郎

「乳の匂い」執筆の頃の作次郎　昭和15年55歳

目次

第二部　私の文学散歩…………101

加能作次郎の文学碑（石川県羽咋郡志賀町西海風戸）
主碑（左）と支碑（右）

主碑
「人は誰でも　その生涯の中に　一度位自分で
自分を幸福に　思う時期を持つ　ものである」　作次郎

第一部　加能作次郎ノート

一、加能作次郎と能登

――海を母に、父の子として――

加能文学は、能登の風土を母体として生まれたと言ってよいだろう。それゆえ、作次郎と能登との関係を探ることは、彼の文学の根源に溯ることになる。

作次郎は、都会人であるより、田舎人の心を忘れなかった作家である。

本章では、作次郎の少年期を中心に、能登の風土が与えた意味を考えたい。

❖

加能作次郎は、明治一八年一月一〇日、石川県羽咋郡西海村風戸に、父浅次郎、母はいの長男として生まれる。

父親の浅次郎は、京都の下京で佛壇屋を営んでいた入江家に生まれ、三歳の時に、能登の加能重平家に養子としてもらわれる。

しかし、加能家に実子が生まれたので、浅次郎は、二五歳の時に分家する。そして、同年、妻はいが作次郎を生み、しばらくして病死する。

母の死が、作次郎の生後間もないことだったのは、次の文章からも分かる。

私の母の死んだ年の富来祭には私は生後六カ月に満たぬ赤ん坊だつた。それでも母は私に見せるのだとかいつて負んぶして出かけて行つた。そんな赤ん坊を連れてと、父が止めたが、でも人間の寿命だもの、誰にとつても一年々々が見納めだといつて承知しなかつた。そしてその後二カ月ならずして母自身あの世の人となつたのである。

「富来祭」(『文芸春秋』昭六・一〇)

母の死後、作次郎は、継母ゆうの手で育てられる。

少年時代の作次郎は、〈私は四五歳にしてもう泳ぐことを知り、七八歳にして舟を漕ぐことや磯に釣することを覚え、十歳にして既に一人の小漁夫だつた。〉(「海の断章」『このわた集』所収)と回想しているように、漁村の子供らしく、幼い頃から海を遊び場にして育っている。

村のほとんどが、漁業を生業としていたので、子供達の間では、尋常小学校を終えて、家業の漁業に従事することになっていた。

まして、漁師に学問はいらぬという当時の風潮でもあり、高等小学校に進むものは、よほど金持ちの子供と決まっていた。

それゆえ、作次郎が一一歳の時、西海尋常小学校を終え、富来にある高等小学校への進学を希望すると、両親の強い反対を受ける。

しかし、尋常小学校における作次郎の成績が優秀であったことから、村長や校長の勧めもあり、学校から帰った後は、家業の手伝いをする条件で、上級の生徒の教科書などを借りて通うことが許される。

その富来の高等小学校には、作次郎の村から三人しか通っておらず、他の二人は、一年上で裕福な家の子供であった。

当時としては、作次郎のような貧乏な漁師の家では、高等小学校まで出してやる経済的余裕などはなかったのである。

高等小学校に入学してからの様子は、「嘉吉のあんま」（『文章倶楽部』大一三・九）という作品に詳しく書かれている。

私は毎日学校から帰るとすぐ浜へ出た。そして磯で小魚を釣つたり章魚を取つたりさざえを漁つたりした。又父に連れられて沖へ夜釣りに行きもした。そして私の獲たものを母に売つて貰つて、その金で筆や紙を買つた。夏でも冬でも、海の荒れる日の外は、家で暖かい寝床で寝るやうなことは少なかつた。舟の上か浜納屋かに菰を被つて寝る方が多かつた。冬の夜、雪に閉された岩蔭の浜納屋の中に、焚火の煙に咽びながら、うとうとして居て、深夜吹雪を冒して夜漁に出て行くことも度々であつた。そして毎朝早く、雨の日も風の日も吹雪の日も、只一枚のつぎはぎだらけのぼろ着物に草鞋穿のみすぼらしいみなりで、一里余の道を渚伝ひに町の学校へ行くのであつた。

しかし、このような生活においても、作次郎は、決して学業を怠らず、時には帆影に身を寄せて、読本の復習をしたり、算術の宿題を考えたりした。

作次郎は、学校が終わると、すぐに父と沖へ漁に出たが、そのことは嫌なことではなかった。

何故なら、実姉も京都の伯母が営む宿屋に手伝いに行き、家には継母と異母妹弟がいるだけなので、一時でも父と共にいる方が楽しかったからである。

幼くして、実母を失い、家庭の団欒の温さを知らずに育った作次郎だけに、一層、求められぬ母の愛に代わり、人情の自然として、父に情愛を求めたのである。

父と共に、陸よりも海で暮らすことが多くても〈生さぬ仲の母や弟妹等の間に、独り寂しく家に寝ている〉（「海の断章」）より、小舟の上で菰を被りながら寝る生活が、心温く楽しかったのである。

このような環境においても、作次郎は継母と衝突することはなかったし、自らが継子であるというひがみを外にぶつけたりはしなかった。

しかし、母親との違和感、継子根性は、内に根深く残ってゆく。

作次郎は、小さいながらも、父の継母に遠慮する心を痛いほど感じとっていたし、自分のことで起る継母とのいざこざには、父に対してすまないという心も持っていたからである。

自分さえ、継母に逆らわずにいたら、父も気がねすることはあるまいという、父を思う気持ちが彼を消極的にしたのであろう。

この自己抑制と、父に対する親愛の深さこそ、少年作次郎の心情だった。

以上のような作次郎の家庭環境を考えるならば、坂本政親氏が指摘しているように、

家が自我の伸張をはばむものとして捉えられ、それを絶好の否定的契機とすることによってそこから自我の確立を目指そうとした自然主義文学的な問題性は、およそ彼には無かったと言えよう。むしろ彼の場合は、それに向って激しく抵抗すべき家父長専制的な〝家〟の観念そのものが実体的に存在しなかったと言うべきかも知れない。

「加能作次郎小論」(『日本文学研究』昭三七・一一)

という点が、作次郎と他の作家を区別する大きな違いであろう。

同時代の自然主義作家が描いたような封建的家父長としての強き父ではなく、いとおしいほどの、自分を守ってくれる父だったのである。

作次郎には、処女作「恭三の父」を始め「世の中へ」等の、いわば〈父親物〉とでもいうべき作品がある。

又、郷土を題材とした自伝小説には、必ずといってよいほど、父が登場する。

作次郎を育んだ能登の風土の重要な要素として、一漁師として能登の海で生きた、父浅次郎の存

在を挙げることができよう。

次に、父浅次郎が、作次郎の成長にどのような影響を与えたのか考えてみたい。

作次郎は、「父に関する断片」(『新潮』大一三・七)の中で、

父は全く文字通りに眼に一丁字なき無学文盲者で、自分の名すらもやつと書く位だ。たゞ、子の私が言ふのは少し気がひけるが、大変正直な、善良な人だ。頑固なところやつむじ曲りなところの割合にない、極くおとなしい、そして気の弱い涙もろい人だ。他人と言ひ争ひをしたり、人の悪口を言つたりすることは大嫌ひで決してといつてもいゝ位そんなことをしない。


と書いている。

学問はなくても、よく働き、正直でつつましやかな平凡な漁夫を見る思いがする。仲間仕事にしても、父は黙って一人で、人の嫌がる仕事を進んでやったという。それゆえ、人からは決して嫌われたり、憎まれたりすることはないが、金儲けなどは上手にできない人であった。

この父親の、人を欺くことのない善良さと、作次郎が大学に入ってからよく語って聞かされたという、大学に入ったことを決して鼻にかけず、〈身分が高くなればなるほど、へり下れ〉という謙虚な態度こそ、作次郎の人間性につながる性格的美質ではないだろうか。

紅野敏郎氏が、指摘しているように、

加能文学を読むことは、いわば日本の庶民の生活史のひとひだ、ひとひだを読むことになってくる

「能州唯一の作家」（『文芸広場』昭四二・一二）

という、庶民の生活を高みから見下ろすのではなくて、その悲しさ、苦しさを自らの体験として書く、視座の低さこそ、父の声に生涯耳を傾け続けた作次郎だったからであろう。

又、今一つ、作次郎に大きな影響を与えたものとして、能登の自然、とりわけ、生活の場としての〝海〟が考えられる。

能登といえば、現在では観光ブームで訪れる人も多いが、作次郎の少年時代には北陸を旅する人の多くが、七尾まで汽車で行って近くの和倉温泉に浴し、汽船で七尾湾内の勝景を探って帰っていくのが通例であった。

作次郎の生まれた外浦（西海岸）にまで、足を運ぶ者はほとんどいなかった。

田山花袋も、「温泉めぐり」の中で、七尾湾の様子を〈船舶が輻湊し、帆檣は林立し、沖には汽船や軍艦等が来て碇泊した〉と記しているが、和倉から飯田と東海岸を回って、西海岸にまでは訪れてはいない。

一般に東海岸の方は、風光明媚で波も静かであるが、西海岸になるとかなり趣も違ってくる。西海岸から北海岸にかけての外浦一帯の海から受ける感じとしては、作次郎の「漁村賦」という作品の冒頭に、その情景がよくあらわれているので少し長くなるが引用しておきたい。

能登の海、殊にその外浦には、秋の来ることが早かつた。小さなT漁村では、近郷近在で名高いT町の旧八朔の祭りが過ぎてあまり間もない頃から、もう二日か三日隔き位には必ず漁に出られないやうな日が襲ふのであつた。凪ぎの日でも何となく陰暗の気が海の上に漂うて居た。人々は海に対しても、最早春から夏にかけてのやうに、限りなき遥かな沖に向つて、思ふさま心を開き胸を張り拡げるやうな洋々とした感じを与へられないで、却つて海の方から何物かに促迫されるやうな重苦しい感がされるのであつた。温かな柔かな、暢々とした、恰も愛する恋人が慈愛深い母親かの懐に抱かれて居るやうな気持にはなれないで、妙にせかせかした気づまりな、冷かな気持を味はせられるのであつた。まるで気六つかしい、気まぐれな主人の瞳の中に起る極めて微かな運動によつてゞもその気分を察し、その機嫌を見計ふやうに、人々は海面に起つた一風のそよぎ一波のうねりにも、細心な注意と判断力とを働かすを怠ることが出来ないやうになつた。その頃からは、遠い海には最早かの水天髣髴青一髪式の標渺たる美しい水平線を見ることの出来る日は稀であつた。その代りに人々は恰も巨大な海獣か何かの群が、無限にその青黒い背を連ね、列を作つて遊戯するかと思はれる高浪のうねりを見るのであつた。

そして世の果てからでも押寄せて来るやうな底力の強い、轟々たる海の遠鳴が、人々の夢を驚かす夜が多くなつて来た。

（『太陽』大六・四）

このように、時におだやかな能登の冬の海は、作次郎が書いたように、あたかも背を連ねた巨大な海獣の群のように変わる。

そして、この暗く荒い海こそ、能登の自然だと作次郎はいう。

実母の愛情を知らず、継母から心を閉してゆく反面、心置きなく抱かれることのできたのは、父と共にいる〝海〟であった。

波の上で揺れる小舟が、あたかも揺籃のように、作次郎を優しく愛撫したことであろう。

又、〈私は大洋の上の落日の光景を見ながら、どれほど子供らしい神仙譚のやうな空想を逞しうしたであらう。〉（「能登の海の印象」『中学世界』大二・一二）というように、浪に揺られながら少年らしい空想を育んだりもした。

「発途」（『早稲田文学』明四五・四）という小説には、ロマンチックな海の上での心情が書かれているので引用したい。

縄を持つた手を伸したなりに、後の船梁に後頭を凭らせ、ボーツとした気持になつて空を眺めた。数限りない星が、碧い空に輝いて居るのが見える。いつでもこんな時には「何ちう沢山な星様やなあー」と感嘆の声が自づから口から出て来る。あれが何星でこれが何星でと、名を知つて居る星を探して数へる様に見て居る。船が揺れるまま空も動く。遂には船が動くのか空が揺れるのか分らぬ様になる。自分が舟に乗つてゐることも忘れるほど無心になる。果しもない空の下に、そして果しもない海の上に、自分一人が生きて漂うて居るかの如く思はれる。恐ろしいといふよりも何かしら不思議な感が起つて来る。長年海上生活をして来た彼は、此の舟の板一枚下は、恐ろしい奈落だとは思はない。これから風が吹いて浪が起つて、舟が台風中の枯葉のやうに吹きとばされるやうなことがあらうなどとは夢にも想像しない。只だ妙な不思議な有り難いやうな感が起るばかりであつた。

このようなロマンチックな抒情的な作品があるからこそ、青野季吉が作次郎の作品を〈私小説が私小説になつてゐない自然のひろがりに眼をみはらないではおれなかつた〉(「解説」『現代日本小説大系』15 河出書房 昭二七・五)と感じるのであろう。

しかし、海には、母なる優しさがあると同時に、人間を一たまりもなく破壊してしまう程の冷酷さもある。

作次郎は少年時代に、航行中の帆船が難破し、人が死んだりする南東風を、その時、白山が見えることから、白山―南東風―難破―死というように連続させて恐れていた。

為吉の村は、能登国の西海にある小さな漁村で、そして父親はまずしい漁師でした。村の北の方は、小高い山を負い、南に海をうけているので、南東風《くだり》が吹くと、いつも海が荒れるのでした。漁舟や、沖を航海している帆前船などが難船して、のりくみの漁師や水夫が溺死したりするのは、いつもその風の吹くときでした。そしてその風が吹くときには、きっと福浦岬からつづいた海中に加賀の白山がくつきりとそびえたつているのが見えるのでした。その外のときにはたいてい、空の色合や、雲のぐあいでみえないのがふつうでした。

「白山がみえると、南東風が吹く、海が荒れる、船が難破する、そして人が死ぬ」

こんな考えが、村の人たちの話や、自分の実見やらで、いつのまにか為吉の頭に出来上がっているのでした。

「少年と海」(『赤い鳥』大九・八)

浜に死体が打ち上げられることで、自然の前における人間のはかなさを、子供の頃から感じとっていたといえる。

一種、作次郎の文学にみられる〝諦め〟に似た感情は、この少年期における、自然との対比においての人間の小ささ、はかなさを知ったことから始まっているのではないだろうか。

宮島新三郎は、「加能さんの風格」(『随筆』大一三・一二)という文章の中で、作次郎の人柄を〈野性的であって、而かもこまやかさを失はない〉と書いているが、これは、作次郎が生まれた能登の西海岸の特徴にあてはまる言葉である。

以下、作次郎と能登との関わりをまとめてみるならば、実母の愛情を知らずに育った作次郎にとって、能登の〝海〟が、少年の夢を育くんでくれる偉大な母の胸であり、自然の前における人間の営みのはかなさを教えてくれた冷厳な師でもあった。

又、能登とは、〈父につながる能登〉なのであった。人一倍、父の愛情を受けて育った作次郎であり、父の平凡で、しかしこの上もなく善良な生き方から、最上の人間的美質を受けついでいる。極端にいえば、父がいてこその〝能登〟なのであった。

作次郎にとって能登を書くことは、自分の根源に溯ることであり、〝魂の故郷〟に帰ることなのである。

室生犀星が、〈金沢の気候が東京にゐても、私の机のまはりにいつもただよひ、感じられてゐる〉（「文学者と郷土」）と言ったように、人はどこにいても、故郷の空間感覚を自己の内部に持っている。作次郎にとって能登とは、終始意識し続けた父につながる故郷なのであった。

二、文学的出発

――翻訳から小説へ――

作次郎が、早稲田の高等予科文科に入学したのは、明治四〇年四月のことである。当時の文学の趨勢は、自然主義文学運動の全盛時であった。しかも、帰国後の島村抱月を中心とする『早稲田文学』の再刊（明三九・一）によって、早稲田大学はその牙城とも目されていた。

その早稲田大学で、若手の自然主義評論家として知られていた片上伸（天弦）が、教師として教壇に立ったのは、作次郎が予科の第二期生となった時である。

作次郎の文学的出発を考える場合、この片上伸との出会いを抜きにして語ることはできない。

作次郎が学資に窮しているのに同情して、伸は、『ホトトギス』の高浜虚子に頼んで、外国文学の翻訳、紹介を載せる仕事を斡旋してくれた。

作次郎と『ホトトギス』との関係は、伸の紹介から始まるのである。

それは、特に伸が作次郎の語学の才能を認めたからではなく、作次郎のクラスの者、一様に親切であったという仲の人柄によるのであろう。

そのような仲の教師としての人柄が、端的にあらわれているところを、作次郎の文章から引用したい。

教師としての片上先生の態度は、他の多くの教授講師とは全く異り、私等にとつては、全く所謂先生らしくない先生であつた。その始めて教壇に立たれた時、吾々学生に向つて、「僕は決して諸君を教へるだけの力はないが、只だ一日の長を以て諸君に臨むのみだから、お互いに一緒になつて勉強しませう」といふやうな意味の挨拶をせられたが、全く少しも威厳を保つとか尊大振るといふことなく、吾々をまるで弟か何かのやうに、親切に誠実に、熱心に、自分も共々研究しながら、指導せられるといふ風で、私等が内外の文壇的常識を得たのは、片上先生に於て最も多かつたやうに思ふ。

「一学生の見た片上氏」（『新潮』大七・七）

仲の教師としての一面が、よくあらわれている一文である。

ところで、先に述べたように、仲は、自然主義文学の評論家で、『早稲田文学』が、その運動の中心的雑誌であったわけだが、いわば、その反対派ともいうべき『ホトトギス』に、作次郎の斡旋を頼むのは、少し奇異にも思える。

しかし、仲と虚子が、同じ愛媛県出身であることや、仲が他の自然主義評論家と違って、漱石の文学をも認めるという公平な観察者であることを考慮に入れるならば、先の点も理解できるのではないだろうか。

こうして、作次郎は、『ホトトギス』に翻訳・紹介文を載せるのだが、その原稿に伸が丁寧に手を入れてくれたという。

以下、説明のため、簡単に『ホトトギス』に作次郎が掲載した翻訳・紹介の一覧を記す。

- アルフォンス・ドオデエの作風　明四一・七（クローフヲード『外国文学研究』）
- ツルゲーネフの作風　明四一・一〇（クロポトキン『ロシア文学の現実及理想』）
- 薬種屋時代のイプセン　明四一・一一
- ゴンチャロフ「オブローモフ」明四一・一二
- ドフトエフスキーに就いて　明四二・一（ブランデス『露国印象記』）
- ストリンドベルヒーの劇に就いて　明四二・二
- ゴルキイの「木賃宿」　明四二・三
- ダンヌンチオの作風　明四二・四
- トルストイとドフトエフスキイ　明四二・五（メレジコフスキイ『トルストイ論』）
- 戦争と平和（フローフォード）　明四二・七
- メーテルリンクの片影　明四二・八（The Munsey Magazin）

・ブランデスの「ゴルキイ論」明四二・九〜一〇
・批評上の個人性　明四二・一一（スコット・ジエムス『近代主義とローマンス』）
・泰西思潮　加能生　明四二・一二
・フローベル論（メレジコフスキイ）明四三・一
・ハウプトマンの戯曲　明四三・三〜四（James Huneker）
・英国現在の心理小説　明四三・五（スコット・ジエムス『近代主義と小説』）
・ビヨルンソン論（ブランデン）明四三・八、九、一一
・イプセン戯曲「ヘルゲランドの海豪」明四四・一〜二
・近代社会劇　クレイトン・ハミルトン　明四四・七〜八
・青年と馬鹿　大三・六

以上、翻訳・紹介をみると、ロシア文学、北欧文学が多いのが特徴である。当時、チェーホフやゴーリキーは、明治三五年前後から日本で盛んに翻訳されるようになり、とりわけ三九年以後、それが顕著になってくる。

又、小山内薫が明治四〇年九月に創刊した『新思潮』では、北欧やロシアの作家の紹介・翻訳を多く載せ、とりわけ、イプセンに関する研究・評論がよくみられる。

更に、イプセンに関しては、自然主義系統の作家が集まってつくった竜土会からイプセン研究会

が生れたことも注意しておきたい。

竜土会のような遊びの会以上に、真面目な研究会もやろうと、柳田国男などの思いつきで、神田の学士会館を会場として、イプセン会という研究会を開催したことがあつた。花袋、藤村、泡鳴、有明、天渓、のほかに、小山内や私が参会していた。この会は概して自然主義主唱者あるいは共鳴者の会合であつた。

正宗白鳥『自然主義盛衰史』（六興出版部　昭二三・一二）

このような、当時の一般的な外国文学の翻訳・紹介の傾向が、作次郎にもみられることがわかる。ところが、ある時、外国文学の評伝の翻訳原稿が出来なかったので、その申訳に自分で書いた小説を持っていったところ、その作品を虚子が認めることになり、発表される。

それが、明治四三年七月『ホトトギス』に発表された処女作「恭三の父」である。

間に合わなかった原稿とは、翌月に一、二を発表した「ビヨルンソン論」（ブランデス）のことであろう。

この「恭三の父」では、恭三の父である一漁夫の性格、親子の間の気持ちの食い違いなどが書かれている。

又、

実は何にも訳分らずにたゞ事実をありのまゝに、偽らず卒直に描いた迄で、これが小説などゝいへるものなのかどうか、自分でも分らなかつた。「私の自作に就て語る」(『文章倶楽部』昭四・一)

と述べているように、父浅次郎のことや、父の継母に遠慮するところなどを、自らの体験そのままに書いたのであろう。

明治三九年二月号の『文庫』(明二八・八創刊)誌上に発表した「回想日記」と題した文章にみられる美文調は全くなく、夏期休暇中に帰った時の出来事を飾らずに書いている。江戸小説などの影響からくる美文調が、『ホトトギス』に翻訳を載せるなどしているうちに消え、代わりに写生文の文体に近づいたといってよいだろう。

作次郎が最初に『ホトトギス』に紹介したのは、「アルフオンス・ドオデエの作風」で明治四一年七月のことである。

当時の『ホトトギス』は、夏目漱石が「吾輩は猫である」を三八年一月から掲載したのが非常に好評で、漱石の文名と共に同誌の売れ行きも大いに伸びてきた。それがもとで、

虚子の小説に趨る心いよ〳〵熾烈なると共に、俳句に対しては次第に冷かになつて来た。その結果は直ちにほとゝぎすに反映し、俳句に関するもの次第に影を失ふと共に、片上伸(天弦)、小宮豊隆、安倍能成、加能作次郎などの文学評論が毎号続載され、俳句とは全く縁の遠い翻訳

物さへ出るやうになり

岡本松浜「ホトトギスの変遷」(『俳句講座』8　改造社　昭七)

とあるように、『ホトトギス』の小説志向が強くなってゆくのである。四三年の四月号には、これまで月一回発行している他に、四回定期増刊を発行して、主に小説、論文等を載せるという社告を出しているほどである。

漱石の文名が高まると共に、その門に集まる帝大関係の新人が、漱石の推薦で次々にその作品を『ホトトギス』に載せてゆく。

その人達と共に、作次郎も書いている。福田清人氏は、『写生文派の研究』(明治書院　昭四七・四)で作次郎を鈴木三重吉、野上弥生子、野上臼川、青木健作等と共に写生文から発展した〈写生文派〉としてとらえている。

しかし、「恭三の父」にみられる写実性は、『ホトトギス』の写生文からと、又、当時の自然主義文学、例えば花袋の「蒲団」のような自己の身辺を赤裸々に描こうとする態度の、両方の影響と考えるのが妥当ではないかと思う。

花袋に関しては、学生時代、作次郎は、

まだ学校に居た頃、科外講義として一二ケ月間毎週一回宛「描写論」を講じて居られたので、教室で顔だけ知つて居た。当時は自然主義全盛時代で、田山さんなどは文壇の視聴を一身に集めるといつた風であつたので、私も一度訪ねて直接話でも聞きたいと思つて居たが、元来私は臆病な、殊に初めての人に会ふことを酷く苦にする男だし、殊に田山さんは、かなり無愛想な気むづかしい恐い人で初対面の人などは一寸困ることがあらうなどといふやうなことを聞いて居たので、つい訪問したこともなかつた。

「大きな感じの田舎者」（『新潮』大六・八）

というように、花袋が「蒲団」で好評を博した時であろうが、その描写論を直接授業で聞いているのである。

それと、この引用した文章には、作次郎のひかえめな性格と、花袋に象徴される当時の自然主義文学者に漱石一門のような和やかさがなく青年文学者をあまり近づけたがらないところがあらわれている。

作次郎が、父と子の感情のもつれを「恭三の父」で描いた理由として、漱石の「それから」にみられるような父と子の対立、いわば、明治一代目に対する明治二代目の反抗ともいうべき問題が出てきた当時の状況も考えられる。

日本の近代社会に残っていた封建的要素としての家、その家長である父と衝突することによって世代の交替が起こり、個としての自我が芽生えてゆく。

荷風、藤村、それに直哉の場合も父と子の対立が大きな問題となってくる。

作次郎も、前記「私の自作に就て語る」の中で、当時は自然主義の全盛時代で、思想界も大に混乱し、新旧思想の衝突といふことも盛に論ぜられてゐた。私は何もそんな大問題を取扱はうとしたのでは勿論ないが、併し多少ともさういふ所からヒントを得て筆を執つたのは事実である。

と書いているように、自分なりに父と子の問題を取りあげてみようと思ったのだろう。

しかし、作次郎の場合、他の作家の描く父と子の対立、家長としての父が子の成長を阻むものとしては存在しなかったのである。

確かに、感情のもつれはあっても、父の気持ちが子には通じるのである。酒を飲んだ時にしか尊大な態度をとれない父が、子供には哀れに思える。しかも、その尊大な態度の中に、継母に対する遠慮を忘れていない父の気持ちがわかるのである。

父は酔つた時に限つて恭三に向つて不平やら遠廻しの教訓めいたことを言ふのを恭三は能く知つて居る。父もまた素顔で恭三に意見することの出来ぬ程恭三は年もとり教育もあることを知つて居る。それで時々酔に托して婉曲な小言を言ふことがあるのである。それは、多くの場合母に対する義理である。

「恭三の父」

感情に流されずに客観的に父の態度を描いているところなどは、写生文的である。

父の言葉の裏にある心情を理解する子の心根が美しい。作次郎の作品には、庶民の生活が、しかも平凡な父の哀しいばかりの心が、子のあたたかい目で書かれている。

小宮豊隆は、「七月の小説」（『ホトトギス』明四三・八）の中で、

加能作次郎氏の「恭三の父」を大変面白く読んだ。頑固な、田舎で朽ち果てゝ子供だけ出世させやうとするお父さんの性格、学問をした上の子に対する遠慮や気兼、酒を飲んで其遠慮が時々爆発する処など、如何にも活々と、慥かに書き上げられてゐる。学問をした息子が、其親に対する心持も背景にハツキリ現らはれてゐる。文章もキチリ〳〵と極まりのいい文章である。自分は何故此小説を巻頭に置かれなかつたのかと思ふ。

と高く評価している。

この後、作次郎は、『ホトトギス』誌上に明治四三年一〇月「果報な大村君」を、明治四四年四月には「厄年」を発表する。

総じて、処女作「恭三の父」の発表は、極めて偶然な事情からであるが、その発表舞台が自然主義文学の側から離れた『ホトトギス』誌上であったということが、作次郎のそれ以後の文学の方向

を暗示しているようである。

確かに作次郎が大学に入学した年は自然主義文学の確立期であり、いわばその牙城で大学生活をおくった。

しかし、彼の出発の場が、自然主義陣営からではなくて、それとは離れた『ホトトギス』からであり、しかも処女作が自然主義文学の積極性を失ってゆく時期であったことに注目すべきであろう。もし、彼の出発が、もう一二年早く、又『早稲田文学』等の雑誌からであれば、自然主義作家として、その文学を完成させていったのではないかと思う。

作次郎の文学には、深刻な題材を取り扱っても、それを客観的に眺める余裕があり、そこには乾いたユーモアさえある。

題材は、他の自然主義作家と変るところがなくても、それを見る作者の目が、一歩そこから離れている。「余裕」とも「諦観」ともいうべきものがある。

そこには、作次郎の人間形成における仏教的人生観もあると思うが、表現方法として『ホトトギス』の写生文の影響があった。

三、『文章世界』時代

――田山花袋との出会い――

作次郎は、明治四四年七月に早稲田大学英文科を卒業後、早大出版部に入り、『早稲田講演』の編集に従事する。

同期の卒業生には、河竹繁俊、吉田紘二郎等がいる。

この『早稲田講演』に関しては、充分調査されていないようだが（昭五二・一一講談社刊行の『日本近代文学大辞典』「第5巻新聞・雑誌」の項にもとりあげられていない）、作次郎の掲載したものを次に紹介する。

近代劇の自然性　明四五・二
牧師ブランドの悲劇（イプセン名劇の中）　明四五・四
人生の序曲　アーサー・シモンズ作　加能生訳　明四五・五
ドフトエフスキイの片影　大元・一〇

藁火　大二・八
戻り道　大三・三
ストリンドベルヒの生涯　大三・七

主に、外国文学の翻訳・紹介であるが、作次郎は「藁火」「戻り道」という二つの作品を書いている。この早大出版部を大正二年の五月に辞め、博文館に入社して『文章世界』の記者となる。その間の事情について書いた作次郎の文章を引用したい。

私が「文章世界」の記者になつたのは、今も言つた通り大正二年の五月からだつた。同誌の生みの親であり育ての親だつた田山・前田両氏が辞めて、それまで「中学世界」をやつてゐた西村渚山氏が代つて編集主任となり、私がその助手になつたのだつた。私はその前前年、明治四十四年に早稲田を卒業して、すぐ同大学出版部に入り「早稲田講演」の編集をしてゐたが、或夜突然、故片山伸、吉江孤雁、前田晁の三先輩が下宿に見えて、思ひがけなくいきなり私を推薦してくれたのだつた。

「文章世界のことゞも」（「このわた集」富来郷文化懇話会　昭二七・二）

もっとも、河竹繁俊によれば、

前田晁さんが、博文館の「文章世界」を退かれた時であろう。島村抱月さんから初めに私へ行く気はないかと言はれたが、家庭の事情で辞退したので、加能君のほうへ移り文章世界の編集部へ入つたのであつた。

「加能君」（『早稲田文学』昭一六・九）

ということであったらしい。

こうして『文章世界』記者となったのは、作次郎二九歳の時である。以下、『文章世界』と作次郎との関わりを考えてみたい。

まず初めに、『文章世界』そのものが、どのような雑誌かというと、明治三九年三月、東京市日本橋区本町三丁目にあった博文館を発行元に、田山花袋を編集主任として創刊される。

発刊当初は、文芸雑誌としてよりも投書雑誌を目的としていた。

当時は、現在のような同人雑誌を作るという風潮が一般になかったので、地方の文学志望の青年達は、競って中央の投書雑誌に投稿して、そこに載せられることが、作家になる近道であった。

当時の投書雑誌としては、他に東京小石川区指ヶ谷町の文光堂から出されていた『秀才文壇』（明三四創刊）があったが、大正期に入ると『秀才文壇』『文章世界』の二誌と、新潮社の『文章倶楽部』（大五創刊）、春陽堂の『中央文学』（大六創刊）があいついで創刊された。

編集者としては、『秀才文壇』には小川未明、前田夕暮、『文章世界』には田山花袋、前田晁、加能作次郎、『文章倶楽部』には加藤武雄、『中央文学』には細田源吉、水守亀之助等がいた。

『文章世界』は、『博文館五十年史』(坪谷善四郎編　博文館　昭一二・六)の明治三九年の項をみると、

三月十五日に「文章世界」を創刊した。是は従来「中学世界」に集り来る寄書が甚だ多く、悉く掲載の余地なく、多く没書とするを惜み、其等の寄書を集め載せ兼ねて青年に作文の要訣を説き示し、普ねく作文の師友たることを期して発行したのである。菊判二百四十頁、定価金二十銭、毎月一回発行。田山花袋主任、前田晁氏(木城)が之を補助した。本誌は当初作文の練習を目的として創刊したるも、後には漸く性質を改め、文学雑誌として一旗幟を樹て、他の「帝国文学」「早稲田文学」「三田文学」等を対塁して文壇に重きを為すに至つたのは、主として田山・前田両氏の努力であつた。

とあるように、創刊当初は、文学的なものよりも文章雑誌として、主として実際的な作文修辞に関するものだった。

花袋自身も、『頴《えい》才新誌』(明一〇創刊)の投書家であったことから、この『文章世界』には、非常に熱心であった。

ただ、花袋は、「蒲団」(『新小説』明四〇・九)によって、自然主義文学の中心的作家となっていたので、『文章世界』も自然と『早稲田文学』『読売新聞』とともに自然主義文学運動の一つの重要な牙城と目されるようになっていった。

四一年の一月号になると、独歩、薫、白鳥、青果、花袋、秋声などの作品を一時に掲げ、純然たる文芸雑誌となる。

ちなみに、編集者名をあげると、雑誌の奥付によれば、明三九・三〜大二・三まで田山録弥（花袋）で、それを前田晁（木城）が助け、大二・四〜大二・六まで長谷川誠也（天渓）で、西村渚山と加能作次郎が助け、大六・七から終刊まで加能作次郎で、岡田三郎が、それを助けている。

大一〇年一月に『新文学』と名前を変えてからも五月号まで加能作次郎であり、六月号から終刊（大一〇・一二）までは鈴木徳太郎である。

岡田三郎は、大正七年に早稲田大学英文科を卒業後、八年一月に博文館に入社した作次郎の後輩である。

花袋は、明治四五年一二月に博文館を退社しているので、川副国基氏の指摘されているように、

大正二年に入ってからもなお三カ月間花袋の編集名義になっているのは、その間花袋腹心の前田晁が編集に当ったから

「文章世界」（『文学』昭三〇・一二）

という理由からだったのだろう。

花袋は、心境の転換を図るために、大正二年五月から一〇月まで日光の医王院に滞在する。

作次郎と花袋とが初めて話をしたのは、その大正二年の五月、作次郎が『文章世界』の記者となっ

た月で、博文館の編集室においてであった。

もちろん、作次郎は学生時代に科外講義として、花袋の「描写論」を毎週一回聞いていたのだが、花袋とその時は直接話をすることはしていない。

大正二年の五月以降、花袋と作次郎は、

氏は月に一度位は博文館へ来られるし、私も用事かたぐ〳〵訪問して御馳走になつたり、或る時は氏の旅先へ押しかけて行つて、泊つて、一緒にお酒を飲んだりなどするほどに接近して居るので、今では好い「小父さん」だ位に思ふばかりで、恐い人だとか、気むづかしい、無愛想な人だとかは決して思はれない。

「大きな感じの田舎者」（『新潮』大六・八）

というように、親しく交わりを結んでいる。

ところで、作次郎が記者となった大正二年前後は、文壇においては、今まで一世を風靡していた自然主義文学も凋落し、それに変って反自然主義のグループの白樺派や、耽美派の作家達の存在が際立ってきた時期でもある。

それにしたがって、『文章世界』も、白樺派や新思潮派の作家が登場し、新進作家の登龍門として一般文芸雑誌となってゆく。

その当時の『文章世界』の主な作品をあげておきたい。

・田山花袋「ある轢死」（大五・一〇）
・里見弴「妻を買ふ経験」（大六・一）
・松岡譲「法城を守る人々」（大六・一二）
・広津和郎「本村町の家」（大六・一二）
・菊池寛「勲章を貰ふ話」（大七・三）
・芥川龍之介「世之介の話」（大七・四）
・広津和郎「波の上」（大七・四）
・宇野浩二「蔵の中」（大七・四）

などがある。

以上、みてもわかるように、白樺派、新思潮派にも誌面を提供して作家の養成に心掛けている。作次郎は当時の文壇を回顧しながら、

最早自然主義だの人道主義だの新技巧派だのいふが如き、主義や流派の差別や墻壁が撤せられ、所謂一作家一王国、一個性領土といふやうな個性本位の自由主義的文壇で、既成新進、あらゆる傾向流派の作家が入り乱れて、正に万華鏡的盛観を呈したのだった。

前記「文章世界のことゞも」

と、『文章世界』の幅の広がりを書いている。

作次郎が編集者となったのは、大正六年七月以降であるから、一党一派にとらわれない編集方針は、彼の考えであったのであろう。

記者として出発した時から、作次郎はすでに作家としても立っていたので、作家の心持ちが理解できるだけに、無理を言えず、原稿も取れなかったことも少なくなかったという。

或る時、芥川龍之介の所へ頼んでおいた原稿を貰いに行くと、まだ一枚も書けていないという。それでは雑誌が出来なくなるから、どんなものでもいいから書いてくれというと、芥川に、「君は芸術家として、芸術的良心と道徳的良心と、何れに重きを置くかね？」といわれて、一言もなく引き下がったという。

記者としては、失格なのだろうが、記者兼作家であった作次郎の一面が、よく窺える。

又、室生犀星も、博文館時代の作次郎のことを書いているので、それを引用したい。


まだ『文章世界』があつた頃に、一年に二度位詩の原稿を持つて加能さんを訪ねて出してもらつた。そのころ詩の雑誌といふものはなく『文章世界』が一ばんの機関のやうだつた。わたしにとつては好知己だつたやうである。わたしどもがわづかな原稿料を、いつでも面倒くさがらないで、階段をあがつたりおりたりして手渡してもらつた。加能氏自身も、やはり郷里を同じうしてゐる関係で（加能氏は能登で、わたしは金沢だが同じだといつていいくらいだろう）わたしを引立てるといふやうな気持もあつたのだろう。わたしばかりでなく、金沢地方出身の文筆の士は、大なり小なり『文筆世界』を介在して一夕の米煙を得た人も少なくない。

「私の郷土の先輩」（文壇人国記）（『文章倶楽部』大一四・一二）

僅かなお金でも労を厭わずに手渡してくれる、作次郎の優しい人柄があらわれている。『ホトトギス』に海外文学の翻訳・紹介を載せて、その稿料を学費の足しにしていたという体験があるから、自分が記者になってからも、貧しい文学徒の持ってくる原稿を無下に断れなかったのであろう。

作次郎の作品の中では田舎から東京へ出てきたものがよく登場し、実にその人物に同情を寄せて書いている。

彼の記者時代から材を取ったものとして「小夜子」（『国民新聞』大九・八・五〜大九・九・三〇。後に大一〇・七、新潮社より刊行）という作品がある。

文学をやろうとして田舎から東京に出てきた小夜子という女性と、雑誌記者野島との関係を描く。小夜子の生活の貧しさが、克明に描かれ、野島の援助にもかかわらず、小夜子は生活苦や結婚に関する悩み等で文学の意欲を失い、その生活も次第に堕落してゆく。

野島を師とも考える小夜子に、野島はどうしても本心を出さず、潔癖なままでいる。作次郎のストイシズムがそこに感じられる。

田舎から出てきたものに対する優しさと潔癖さのあらわれた作品である。

結局、作次郎にとって『文章世界』時代は、直接花袋の人と文学に触れたことが、最も大きな意味のあることでなかったかと思う。

花袋が「インキ壷」(『文章世界』大二・二)で説いた「博大なこころ」こそ、作次郎が求めたものだと指摘するのは、青野季吉である。

加能作次郎の文学は、少し大ゲサに言ふと、自然主義の一つのモットーとした「博大なこころ」を実現してみせたものだといふことができる。「博大なこころ」といふのは、たしか田山花袋あたりが唱へ出したものだと記憶してゐるが、主観に囚はれず、客観に偏せず、人生をありのままに見る広い態度といふ意味の言葉である。「解説」(『現代日本小説大系』15　河出書房　昭二七・五)

花袋は大正二年の日光滞在後、東洋的宗教的な境地に向う。このことを含めて、作次郎と花袋との関係を探ることは、加能文学を考える上でも重要な視点であるといえよう。

四、「恭三の父」論

二の「文学的出発」でも触れたように、作次郎が処女作「恭三の父」を『ホトトギス』に発表したのは、明治四三年七月のことである。

まだ、作次郎は、早稲田大学の英文科の学生であった。

それまで片上伸の推薦で『ホトトギス』には、外国文学の翻訳・紹介を載せていたのだが、ある時、その原稿が間に合わずに、代わりに持っていったのが「恭三の父」である。

それが高浜虚子の認めるところとなり、同誌に発表される。

題材は、作次郎が夏期休暇に帰っていた間のことで、父の性格や親子の間の気持ちの食い違いが書かれている。それも、

当時は自然主義の全盛時代で、思想界も大いに混乱し、新旧思想の衝突といふことも盛に論ぜられてゐた。私は何もそんな大問題を取扱はうとしたのでは勿論ないが併し多少ともさういふ所からヒントを得て筆を執つたのは事実である。

「私の自作に就て語る」(『文章倶楽部』昭四・一)

というように、時代思潮として、家父長としての父とそれに反抗することによって自己を解放させようとする子の対立という問題からヒントを得たようである。

いわば、明治を築いた一代目と、その上に立った二代目との世代の交替の問題である。

ところが、作次郎の場合は、先に述べたように、父が自己の自由な成長を束縛するものとしての絶対的な家父長として存在してはいなかった。むしろ継母に遠慮しながらも作次郎をかばい、慈しんでくれるいとおしい父であった。

それゆえ、題材として〝父と子〟を書いているが、それは〝対立〟というより、〝気持ちの食い違い〟というにふさわしく、かえって父との深い絆が表現されている。

父を憎む子ではなく、父を愛し、その気持ちを察する子の心情が溢れている文章である。

この作品は、〈手紙〉と〈祭見物〉の二部から成っている。

〈手紙〉

夏期休暇で田舎に帰っていて、その生活の単調無味をまぎらわすために友達に手紙を書き、自分も返事がくるのを楽しみにしている恭三が、散歩から帰って、家に葉書が来ているというので喜ぶ。

ところが、それが、親類の者からの礼状であると分かり、読んでくれという父に恭三が渋っていると、父はその恭三の態度に怒る。恭三も、すぐに素直に謝れない。

確かに、ささいな親子けんかにすぎないといえるが、そこには素朴で善良な父の心情と、それを分かっていても率直に従うことができない子の心理の食い違いが見事に書かれている。

父の方にすれば、無学で字も読めない自分とは違い、東京の大学にまでいっている子が親の気持ちも考えずに手紙一つ読んでみせる労をしないことに腹だたしかったのであろう。

実際、恭三が、父に単なる暑中見舞と礼状にすぎないというと、

それだけなら、おれや眼が見えでも知つとるわい。先刻郵便が来たとき、何処から来たのかと郵便屋に尋ねたのぢや、そしたら八重さ所からと、弟様とこからと来たのやと言ふさかい、そんなら別に用事はないのや、はゝん、八重さなら時候の挨拶やし、弟様なら礼手紙をいくいたのやなちうこと位はちやんと分つとるんぢや。お前にそんな事を言うて貰ふ位なら何も読うで呉れと頼まんわい。


と答えていることからも、どこから何のために来たのかは、父は知っているのである。

ただ、その葉書を恭三自身に、自分に聞かせてもらいたかったのである。

〝暑中見舞い〟〝礼状〟と簡単に片づけてしまう子と、子に自分の読めないものを読んで聞かせてもらいたいと思う父との心のすれ違いである。

又、この父の語っている言葉は実に慈味深いものである。

己れやこんな無学なもんぢやさかい、愚痴やも知れねど、手紙といふものはそんなもんぢやないと思ふのぢや。同じ暑さ見舞でも種々書き様があらうがい。大変暑なつたが、そちらも無事か私も息災に居る。暑いさかい身体を大切にせいとか何とか書いてあるぢやらうがい、それを只だ一口に暑さ見舞ぢや礼手紙ぢやと言うた丈では、聞かして貰ふ者がそれで腹がふくれると思ふかい。お前等みたいに眼の見える者なら、それで宜いかも知れねどな、こんな明盲には一々詳しく読んできかして呉れるもんぢやわい。

恭三は、父の伝えたかったことが自分のような字の読めないものに対しても配慮するような心の優しさではなかったかと思う。

作次郎の父・浅次郎は、

全く文字通りに眼に一丁字なき無学文盲者で、自分の名すらもやつと書く位だ。たゞ、子の私が言ふのは少し気がひけるが、大変正直な善良な人だ。「父に関する断片」(『新潮』大一三・七)

というような人で、この父の素朴で善良な性格的美質を、作次郎は受けついでいる。

〈祭見物〉

他の村の人にも愛され、祭見物から自分の村の者が帰ってしまうのを見とどけて、ひとりで帰ってくる潔癖な父の人柄、酔ってはいるが、継母に対する遠慮を忘れない父の心情を書く。

酔って祭から帰ってきた父が、恭三とは異母弟の浅七が自分の足を洗ってくれているにもかかわらず、恭三が何もしないのを見て、二人で洗えと命令する。継母の見ている場においてである。

このことを、恭三は〈酔うて居るのを幸ひに二人の息子に足を洗はせて、其所に一種の快味を味はうといふ単純な考えからであるかも知れぬ〉と他人は思っても、自分にはそうは思われないという。

つまり、恭三は父が、継母が〈実子の浅七がこうして父の足を洗つて居るのに、恭三が兄だからとて素知らん顔して居る〉と思うのではないかと考えて恭三にも洗えと命令したと思う。

父の母に対する遠慮からだと、恭三は察するのである。恭三は、

父は酔つた時に限つて恭三に向つて不平やら遠廻しの教訓を言ふのを恭三は能く知つて居た。父もまた素顔で恭三に意見することの出来ぬ程恭三は年もとり教育もあることを知つて居た。それで時々酔に托して婉曲な小言を言ふことがあるのであつた。それは多くの場合母に対する義理からであつた。

という父の気持ちを知っていた。

作次郎は、幼くして実母と死に別れ、継母に育てられ、人一倍、父に恩愛の情を求めてきた。

子供の頃から、作次郎は、父と継母が自分のことでけんかをしたり、継母に遠慮する父の姿を見てきた。そんな作次郎であるがゆえに、

淋しい様な悲しい様な哀れな父の心情が強い言葉の裏にかくれて居る。之を恭三は能く味ひ知つて居た。そして恐らく之を知つているものは恭三の外にあるまい。


というような、父を思う子の深い美しい心情が書けるのであろう。

〈手紙〉〈祭見物〉を通じて、生き〳〵とした会話のやりとりがみられ、能登の方言を使用することによって、恭三と村人とが対比的に描かれ、地域的な風土色が醸し出されている。

小宮豊隆が、この作品が発表された時、

七月号のホト、ギスの小説には新しき名が二つあつた。加能作次郎氏の「恭三の父」を大変面白く読んだ。頑固な、田舎で朽ち果てゝ子供だけ出世させようとするお父さんの性格、学問をした上の子に対する遠慮や気兼、酒をのんで其遠慮が時々爆発する処なぞ、如何にも活々と、

慥かに書きあげられてゐる。学問をした息子が其親に対する心持も背景にハッキリ現らはれてゐる。文章もキチリ〳〵と極まりのいゝ文章である。自分は何故此小説を巻頭に置かれなかつたのかと思ふ。

「七月の小説」（『ホトトギス』明四三・八）

と、この作品を高く評価している。

結局、作次郎は学者もしくは評論家を希望していたのだが、この作品で作家として立とうとする。

五、「厄年」の世界（救ひを求むる心）

「厄年」は、『ホトトギス』（明四四・四）誌上に付録小説の一つとして発表される。これは、前年の処女作「恭三の父」（明四三・七）、第二作「果報な大村君」（明四三・一〇）に次ぐものである。

作次郎と『ホトトギス』との関係は、当時早稲田の教師であった片上伸（天弦）が学資に窮する作次郎のために、同誌に外国文学の翻訳・紹介の仕事を斡旋してくれたことから始まる。

「恭三の父」「果報な大村君」の二作が好評であったために、第三作目の「厄年」について、作次郎は「私の自作に就て語る」（『文章倶楽部』昭四・二）の中で、〈創作的気分の充実してゐた頃と見えてたつた四五日の中に一気呵成に書きあげ〉たものであり、題材についても〈前年の夏帰省中の出来事で、異母妹の死を中心に、私や父の暗い気持や陰惨な一家の空気などを描いたのであるが、材料に対して特殊の熱と感激とを持つてゐたので、一層力がこめられた〉と書いている。

このように充実した状況で書かれた、「厄年」という作品が、作次郎の〈第一の出世作〉となる。

「厄年」も又、前二作と同様郷里に帰省中のことが書かれている。自分が育った能登という風土、とりわけ自らの〈家〉について、作次郎は目を据えて描いている。明治末年の地方の貧しい漁村の生活が、あるがままに写し出されてゆく。

小宮豊隆の「恭三の父」評にあるように、父を描くに〈活々と〉して、全体の文章も〈キチリ〳〵と極まりのいい〉との指摘は、「厄年」にも当てはまる。

それは、作次郎が単なる観察者ではなく、いわば、生活者として具体的にその現実の中で生きてきた（父と共に小さい頃から漁業に従事）違いからであろう。それが作次郎が郷里を描くことの強みであり、血の通った描写が生まれる所以でもある。

例えば、少年時代の作次郎の生活とは次のようなものであった。


私は毎日学校から帰るとすぐ浜へ出た。そして磯で小魚を釣つたり章魚を取つたりさざえを漁つたりした。又父に連れられて沖へ夜釣りに行きもした。そして私の獲たものを母に売つて貰つて、その金で筆や紙を買つた。夏でも冬でも、海の荒れる日の外は、家で暖かい寝床で寝るやうなことは少なかつた。舟の上か浜納屋かに菰を被つて寝る方が多かつた。

「嘉吉のあんま」（『文章倶楽部』大一三・九）

つまり、一人の働き手として作次郎は育てられてきたのである。

六章（「厄年」）に、鰹漁の場面がある。この作品全体が、妹お桐の死に向かって静かに展開していく中で、唯一、平三が父親の平七と共に生き生きと躍動的に描かれている部分である。そこには、〈労働〉の姿が描かれているし、生活者（漁民）の言葉が息づいている。

平七は、危険を冒してまで荒海に鰹を取りに舟を漕ぎ出す。それは、鰹〈一疋一銭として百円余〉の水揚げも、結局平三に語ったように、〈お桐の葬式料とお前の道中金が出来たわい〉というぎりぎりの生活があるからである。

この平七の言葉は、昔も今も少なからず続く庶民の現実なのではないだろうか。「厄年」の生活現実の重さを支えているのは、平七の言葉である。

鰹漁の場面に象徴される、漁村の生活の生き生きとした描写、その中での平七の存在がこの作品の魅力の一つであろう。

又、この作品はお桐の死を通しての、自らの継子根性を描いた作品でもある。それは、例えば、平三は帰省の折わざわざ迎えに来た母には、気がねして他人行儀な挨拶をしてみせる。ところが、家で会った父には、〈姿を見た時は平三は胸一ぱいになつて懐しさと感謝の念とがごつちやになつて思はず涙がこぼれた位〉なのである。

作次郎は、生後間もない頃に実母に死なれる。それ以後継母に育てられ、父親に母に代わる情愛を求めるようになる。実姉は京都におり、家には継母と異母弟妹がいるだけなので、〈生さぬ仲の母や弟妹等の間に、独り寂しく家に寝ている〉（「海の断章」『このわた集』大理書房刊）よりも、父と共に舟の上で菰を被りながら寝ているほうが、作次郎は楽しかったのである。そして、しんみりとした話は、いつも父と二人で舟の上で話すことが多かった。

「恭三の父」でも、この「厄年」でも、父親像がよく描けているのは、このような理由からなのである。作次郎にとっての父とは、母に替わる存在でもあったのである。

学問はなくとも正直で慎ましやかな父を作次郎は作品で丁寧に描いている。

しかし、作次郎が父に情愛を求めれば求めるほど、その裏返しに一層継子根性というものが巣くっていた。「恭三の父」における異母弟の浅七に対する遠慮が、「厄年」ではお桐に対するそれとして描かれる。

作品冒頭で、平三はこの夏期休暇に〈故郷へ帰らうか、それとも京都へ行かうか〉と迷う。それは、田舎で異母妹のお桐が〈肺病で死にかゝつて居〉て〈伝染せぬか〉ということが平三を渋らせていたからである。嫁ぎ先から実家へ戻されてきたお桐に、平七とお光はできるだけのことはしてやろうとする。

時には、〈火葬場の煙突の煙を煎じて飲めば、肺病が治る〉と話に聞いて、二人でそっと出かけたりもする。

それに比して兄である平三は、伝染しないように近付かないで、一向にお桐を労わろうとしない。時には妹に、次のような冷酷にも思える感情を抱いたりする。

恐ろしく物凄く逐には憎らしく思つた。穢い醜いものを見ると、平三は時としては癪に触つて叩き倒すかぶちつけるかしたい気がする。それと同じ心持ちが、この時お桐に対して起つた。

平三の心理が赤裸々に描かれるが、平三を兄として尊敬し、柔順に死を待つお桐が、読む者には憐れに思われてくる。平三も、東京からの友人の手紙にある〈御病人の為にはせめて出来るだけの事をしてあげ給へ〉という言葉に、妹に冷淡であったことを後悔する。

しかし、同時に次のような子供時分のことも思い出されてくるのである。

「ざまみよ、気味が宜いな。貴様の阿母が死んだがいや、やあい、親なしい！」お桐は赤んべをしながらこんなことを言つた。此時分父は常に沖漁に行つて家に居ないし、姉は京都へ行つて居て居らぬし、平三は全く一人ぽつちで自分の苦しい感情を吐露することも出来ず、毎日泣くやうな思いで小さくなつて居つた。

平三は、継母のお光に小言を言われるのが怖くて、こんなお桐の言葉にも辛抱していた。

平三が、今病の床にあるお桐に打ち解けることができないのは、優しい言葉をかけてやることができないのは、この子供時分のことが心にあるからである。

お桐の死を前に、作次郎は平三のいつまでたっても拭いさることのできない継子根性を執拗に描き出している。

見方を変えれば、お桐という一人の女の憐れな半生も写し出されている。夫の意志とは無関係に嫁ぎ先から追い出され、肺病という病気が病気なだけに、実家の家族からもほとほと手を焼かれ、ただ死を待つばかりの女である。

お桐は、死を前にひたすら敬虔な気持ちで祈る。運命の自然として、死を受けとめようとする。淡々と書かれていくその筆致には、悲しみを押し殺したような静けさすらある。

このようなお桐の描写や、父親の描写を読むと、小川未明の次のような作次郎評が思いだされる。

> 氏の作品は単なる現実の描写でなくてその中に脈々としてセンチメンタリズムの流れがある。それは氏の生れた郷土の色彩である。如何なる芸術家もその作品の背景に郷土の色彩のないものはないが如何にそれが快いリ、シズムとなつて作品の調子を作るかということがその作家性癖如何によつてわかたれる。
>
> 「感情の洗練された人」（『新潮』大九・四）

お桐の死を通して能登という風土性も実に巧みに描きだされている。それこそ〈無技巧の技巧〉といえよう。

お桐をとり巻いての村の老人達の説教、七日ごとに死人が出るという話、近所の老人の死、お桐の死へと、作品全体が上り詰めてゆく。

お桐の枕もとにやってきて、老人達は、〈念仏申さつしやい。今に楽な身にして貰へるさかい。〉

と話す。このような死生観こそ、宗教心に厚い能登の土地柄なのである。能登真宗徒の死に対する心なのである。

作次郎の育った村は、危険な海上での漁業に従事する者が多いため、一層信仰心も厚かった。作次郎の家も、その例外ではない。

夕方から遊び帰つた時など、父が沖漁に出かけ留守だつたりすると、私は泣き出したくなるほど寂しい遣る瀬ない気持になるのだつたが、そんな時私はいつでも何物かに誘はれるやうに仏壇の前へ行つた。そして涙を呑み込みながら燈し火をかかげ、おのづから粛然とした気持で、つつましやかに読経を始めると、子供ながらも自然と心も静かに和らぎ、悲しさや寂しさも幾らか慰められるやうな気がするのであつた。

「仏壇」（『新潮』大一五・八）

このように、作次郎は自然と仏教的情操を身につけ、十才位の時分から父に代ってお勤めをするようになり、ひとりで正信偈の和讃などを暗じていたという。後に、早稲田大学に進学してからも、生活の不安や精神的動揺のために厭世的となり、近角常観の求道館に談話を聴いたりして、作次郎の人生観の上でも仏教は重要な意味を持つものであった。

どうにもならない現実の中で、ひたすら祈るお祠、又、消すことのできない継子根性に苦しむ平三、この「厄年」は、それら人生の〈厄〉から救いを求めようとする心を描いたものであるといえよう。

作次郎に次のような一文がある。

私が芸術に求めるところのものを、一言にして言へば救ひの感情である。私はこの世の中は随分苦しい、悩みの多いものだと思つてゐる。私自身の経験から言つても確かにさう言へる。時には、私は人生の苦悩を思ひ、その傷みに堪へられないで、何物かに祈り、且つ縋りついて救ひを求めたい様な気持になる。誰とでもいゝ、さうした同じ心の持主と一緒に手を取り合つて慟哭したい気持にもなる。さういう時幾らかでも私の心を救つて呉れるものは今のところ芸術より他にない。私は他人の芸術にもそんな気持で対ふし、自分もまたそんな気持で制作する。

「救ひを求むる心」(『新潮』大八・一二)

お桐の死の最後の場面でも、単なるセンチメンタリズムに流れていないのは、次のような表現があるからであろう。お桐の骨を拾う時の会話である。

「これが白骨様や。」

「これ歯があつた。おう此の歯に息を引取るまで堅い豆をボリ〳〵噛んで居つたのやが。」

このような土着の言葉が、この作品をより真実味のあるものにしているのである。

六、「世の中へ」試論

本稿の目的は、第一に初出時と単行本収録時の間の本文異同について、第二に作者の人間理解と作品構成の問題、そしてテーマとを明らかにしていくことにある。

一

仮に、読売新聞掲載の初出（大七・一〇・三〜一二・四、計四六回）をⓐ、初めて単行本収録のもの（大八・二新潮社刊）をⓑ、次に同じ新潮社から中篇小説叢書の一冊として出されたもの（大一一・五）をⓒ、最後に加能の没した昭和十六年八月五日の後に、友人の広津和郎と宇野浩二の手で編まれた桜井書店版（昭一六・一二）をⓓとする。

それらの異同を見ると（ⓑ→ⓒにはなく）ⓐ→ⓑに、ⓑ→ⓓに異同がある。もちろん作者の意図が働いているのは、ⓐ→ⓑであるが、概して、(1)加筆 (2)削除 (3)訂正 (4)語句（表現上の）手直しである。加筆は少なく、その中で作品の構成、テーマ（主人公が次第に世の中に足を踏み入れていく）と関わる箇所は一つである。

京都に着いた主人公の恭三が、姉のお君につれられ四条の伯父のところに行く場面で、大橋の上で三階建の伯父の家を二人で眺めながら、お君が恭三に語った部分である。その前の部分では、〈都の夏の夜景の美しさや繁華さ〉と恭三の心中が対比的に描かれている。

ⓐ

「つい此間まで、こゝの河原に納涼があって綺麗どしたえ。」姉はさう言って暗い河原を指したが、私は顧みもしなかった。私の心は、今夜からこの眼の前に聳えて居る大きな家の人となり、多くの見知らぬ人々の間に起き臥するのだといふ漠然とした不安や恐怖やで一杯になって居た。「これから世の中へ出るのだ。どんな運命が自分を待って居るだろう？」子供の私には勿論そんなはっきりした意識はなかったが、詮じつめればそんな風な気持で一ぱいになって居たのであった。

ⓑ

「つい此間まで、この河原に納涼がおして、ほんまに綺麗どしたがな、こないだ大水が出てな、皆流されて、まだ後があんじゅうならへんので、淋しんどつせ。」しかし、私は顧みもしなかった。

（以下同じ）

（傍線　杉原）

ⓑの加筆部分が、作品全体の上でどんな意味を持つのか考えてみたい。

「世の中へ」は、大きく、〈恭三が郷里を出奔して京都に来るまで〉〈伯父の家での丁稚生活〉〈伯父・伯母と恭三の三人で清水の家に移ってから〉〈恭三の入院〉〈お君の妊娠〉〈勇喜亭の開店〉に分けられる。

最終回（四十六回目）の末尾には、次のような付記がある。

作者曰く本篇は予定の結末に達するまでには、尚これまでと同じ位の回想を重ねねばならぬのであるが、約束の回数を著しく超過したので、一先づ茲で筆を置くことにした。何れ改めて後篇として発表する機会があることゝ思ふ。

文中の〈約束の回数〉とは、《「読売新聞」から二十回乃至三十回位のものを書けと言はれた》ことであり、

実は、最初の計画の半分位のところで終つてゐて、「世の中へ」と云ふ題意にも副はないやうな、

> 尻切れ蜻蛉になつてゐるやうに自分では思つてゐるが、最初自分の最も意を注いで書かうと思つてゐた中心点は、あれから先にあるのである。

とも書いている。[1] つまり、この作品はそれ自体として完結したものではなく、いわば前篇で終ってしまったというわけである。

結論からいえば、そのような形で中断せざるをえなかった為に、単行本収録時に、少しでも完結したものになるよう、前記の加筆がなされたと考えるのである。(傍点は杉原、以下同じ)

加筆部分は、先にこの作品を大きく分けた〈恭三が郷里を出奔して京都に来るまで〉の最後の部分であり、一回からこの六回までは作品全体の導入部分になっている。

そこに、大水云々の文をつけ加えることによって、それ以後の主人公や他の登場人物の前途に横たわっている影を暗示しているように思えるのである。更にいえば、はなやかな京都の裏に、ついこの間まで綺麗であった河原が、大水で皆流されて、無残な姿を見せていることを書き加えることによって、〈これから世の中へ出るのだ。どんな運命が自分を待つて居るのだろう?〉と不安と期待のまじった気持の恭三に、人生の〈大水〉が待ちかまえていることを、読者に示唆しているように思える。

又、お君の言葉の中に挿入することによって、お君自身の身の上にも、(結末の私生児を生むという)不幸な運命を予測させるのである。

更には、橋上で先行きを案ずる恭三の姿は、かつて、「迷児」[2]で、〈橋の袂〉に〈夕暮れの寒い風に吹き曝らされながら、泣く力もないやうになつて、それでも正直にその人（羽織を盗った人…杉原注）の戻つて来るのを待つて居〉る主人公のイメージとも重なってくる。

❖

次に、(2)の削除と(3)の訂正をからめて問題にしたいことがある。

それは、次の三点である。ⓐでは、伯母の宿屋が「銭屋」となっているのに対して、ⓑからは、「鍵屋」となっている。㈠　又、伯母の長女の名がⓐでは「お愛さん」であるのに対して、ⓑでは「お民さん」となっている。㈡　更に、ⓐで「伯父は名を萬次郎といつた。四十四か五位で、普通ならばまだ男盛り働き盛りの……」が、ⓑでは、その「伯父は名を萬次郎といつた。」という部分だけ削除されている。㈢

先ず、㈠から考えてみると、坂本政親氏の「加能作次郎評伝(2)」[3]には、次のようにある。

> 伯母のハル（弘化三年年十二月七日生）吉田太兵衛と結婚し、六条の本願寺前（下京区下珠数屋町東洞院東入ル西玉水町七番戸、のち「七番戸」は「弐百八拾六番地」）に銭太（「世の中へ」では鍵屋）という屋号の宿屋を営んでいた。銭太は銭屋太郎兵衛の略で、嘗ては苗字帯刀を許された家柄、宿屋としても格式の高い方であつた。
>
> （傍線　杉原）

つまり、初出時の「銭屋」は、銭屋太郎兵衛からとったと考えられる。
又、㈡㈢のことだが、同じ坂本氏の論文中の入江家と吉田家の系図を見ると、伯母の長女がアイ（一八七一〜一九四二）であること、伯父の名が万次郎（一八五一〜一九〇〇）であることがわかる。であれば、作次郎は初出において、前記の登場人物名を、実在の人物名と同じか、もしくは近い形で書いていたということである。

そこで何故、単行本収録時において、それとわかるような人物名を避けたかといえば、例えば、伊藤元吉氏の「加能氏と私の母」[4]に見られるような、書かれた側の反発があったろうと推測される。

次に⑷の語句の上での手直しは、主に京都弁の部分と、文脈の整理などである。

❖

以上ⓐ→ⓑの異同を見たわけであるが、ⓑ→ⓓの異同も簡単に触れる。

先ず第一に、恭三の入院期間をⓐⓑⓒとも《外科の三等室で白いベッドが五台宛二列に対ひ合つて並んで居た。私はその一方の端の方のベッドの上に、それから満三箇月以上も横たはつて居た。》とあるところの〈満三箇月〉を〈七十日〉に、ⓓで変えているのである。

これは、文章中にその後で、《三月の初旬、入院してから約七十日二度目の大手術を受けてから四十幾日か目に私は愈退院することになつた。》とあるから、日数の上でもⓓの訂正は妥当なものである。

今度は、ⓓでだけ、削られているものは、〈長い太い、穢多が雪駄を刺す時に使ふやうな雑巾針〉

の〈穢多が〉の部分である。これは、桜井書店版を編んだ宇野・広津の配慮であろう。

二

次に一で述べたように、結果として中断された形となったこの作品には、それゆえ充分描ききれなかった部分と、一方では白鳥が指摘するような、[5] より広い地平に作者をひき出してくれた積極的な面とがある。それらを、以下考えたい。

相田夢南は、『世の中へ』を読んで[6]」で、とりわけ「迷児」に注目し、加能作品の特徴の一つを次のように書いている。

醜い物の前にも作者は眼を瞑ぢない。憎むべき物の前にも作者は顔を背けない。そして私は、比処に作者の作家としての大きい強みを見出すのである。

この点では、他の自然主義作家にも共通する点であろう。その上で相田は、〈少年の羽織を奮つて姿を隠した知らぬ小父さん〉を、〈「善人」だと言ひ「悪人だ」と言ふ人々の背後で、作者は其の何れをも肯定し、何れをも否定して居るのではなかろうか。〉とみて、結論として、人間の性は善でもなければ悪でもない。さうした便宜的批判を絶した自然さながらの性である。人間は其の置かれた境遇に依つて或は善人となり或は悪人となる。

と説明している。

つまり、現実を見すえる目と同時に、それに対して〈便宜的批判を絶した〉所に作者の視点があるとするわけである。

私は、この点は、「厄年」におけるお桐と主人公、「世の中へ」の伯父と主人公の関係にもあてはめて考えることができると思う。

つまり、肺病にかかっているお桐に対して〈恐ろしく物凄く遂には憎らしく〉さえ思う主人公が、最後には自らの継子根性を見つめ対象と同化していくのである。お桐の側に身を寄せていくのである。

「世の中へ」では、お君に対して、「厄年」のような終り方をしていない。その意味では、中断の為の不充分性がここにあらわれていると思う。（先に書かれた「これから」[7]では、お君に対して同情し理解する主人公が描かれている）

それに反して、「世の中へ」における伯父と主人公の関係は、描き方として完結している。

あれほどつらく、愛情のある言葉をかけてくれなかった伯父に、最後には、次のような人間理解を見せているからである。

私は頭を垂れて黙つて聞いて居た。私をいたはるやうな、また頼りにするやうな伯父の優しい言葉が、しみぐ〵と身にしみるのを覚えた。私は本当に親身になつて働かうと思つた。

つまり、作次郎は、対象を自分自身の感覚に忠実に描き、しかしそれでよしとするのではなく、最後には、その関係を調和させてゆくのである。それが作者の人間理解であると同時に、小説の書き方にもなっている。

坂本政親氏は、「自己描写と客観化」(8)を引用し、加能の〈基本的文学的立場〉は、〈実感的であると共に観照的であらねばならぬとする考え方、つまり自己を描いても、その自己が十分に深められた自己でなければならない〉のであるとしている。そして、それが作品の上でどのように生かされているかについて、

一つは、彼は自己やその肉親を書いても、それが特殊な個人の姿や生活を写すだけにとどまらず、その裏に漁村全体の空気を漂はせ、広く人生の相を浮かび上らせようと努めていること、そしてそれがかなりに成功している点に認められるであろう。換言すれば、自と他、個と全との関係を常に念頭に置きながら創作し、それらが密着した形で現われているとみられるのである。いま一つは、彼が自己を中心として周囲の人々を眺め、かつ描く時にみせる一種の自己批判、ないし人間理解のしかたの中にこそ、真の意味での自己の客観化が為されているのではな

いかと思われる。(9)

と述べている。

坂本氏が〈密着〉したところを、私は更に自他合一の〈調和〉としたい。そして、そこに作者の〈観照〉が働いていると考える。

作次郎は、次のように書いている。

而して実に現今の小説には、この観照の加はらないものが多い。実感はあつても、観照の足りない、従つて客観性の稀薄なものが多いと言はねばならぬ。実感はもとより作品に欠くべからざるものである。けれどもその実感が真に溌剌たる生命ある実感たるには、一度観照の鏡にかけられなくてはならぬ。蓋し実感は観照によつてのみ深められ、強められるものであるからである。観照を経ない実感は未だ生命のない浅弱皮相のものたるを免れない。主客合一、自他融合の境に入つた渾然たる芸術はこの実感と観照との完全なる調和を俟つて始めて出現すべきである。

「自己描写と客観化」

「実感」そのままではなく、「観照」のレンズを通すことによって、白鳥が「ゆとり」といい、青野季吉が〈私小説になつてゐないい自然のひろがりに眼をみはらないではおれなかつた〉(10)という広い地平に、この「世の中へ」を押し出したのであろう。

許すことによって許されるという構図でもあり、そこからの関係性の調和と、私は「世の中へ」を読むのである。

❖

又、この作品には、もう一つの視点が考えられると思う。それは、この主人公の恭三の態度を〈忍従〉とか〈あきらめ〉と考え、それのよってくるところを宗教的なものに説明してしまうのではなく、〈生きる意志〉を読みとる視点である。

例えば、何故恭三が伯父の家から飛び出ないかを、〈忍従〉〈あきらめ〉で片づけてしまうのではなく、京に来る経緯の中で、肩身の狭い思いをしている父のために、自分さえいなければと思うほどの恭三ならば、後年、作次郎が「少年の頃」[11]で回想しているように、〈私は私が逃げ出した場合の、叔父に対する私の父の立場を子供心にも考へないわけにはいかなかつた〉ということも考えられるはずだからである。

いかに、この主人公が、父を母のように慕い、自分が入院した時に、父の為に入院費用を心配するかを読めば、それが理解できる。

結論からいえば、私はこの作を〈忍従〉とか〈あきらめ〉の作ととるよりも、逆に、どんな状況に置かれても、何らかの喜びをみいだしてゆく主人公の〈生きる意志〉を読みとることができると思う。

そこにこそ、この作品の優れている理由があると思う。

具体的にそれを作品でみると、例えば筆者が清水に伯父、伯母と移ってきてから、縫針をしてみろといわれるところである。

「なんぼ男でも、お針もつこと覚えてゝ悪いことあらへんで。」伯父もさう言つて賛成した。かうして私は始めて縫針をもつことを教えられた。（中略）そして私もこんな仕事にかなりの興味をもつ様になつた。

どうや恭公裁縫屋さんへ丁稚に行つたら

という伯父の言葉に、

比処にかうして下女同様に水仕事をして暮して居るよりも、そんなことでもやつて、何か身についた職を覚えた方が行末の為によいと、その時独り心の中に思つた。

（傍線　杉原）

というように、現在の地点から、どうにかしてよりよく生きていく方向に目を向けているのである。

主人公は、決して悲観して、あきらめているわけではない。

又、恭三が入院した時に、姉のお君しか見舞いに来なくても、私は病院に来て、今迄知らなかつた温かい人の情を味はふことが出来た。私は寧ろ病院に居ることを好んだ位であつた。

と、自分の置かれているギリギリの状況の中でも喜びを見い出しているのである。

ここに、私は、主人公の強さ、〈生きる意志〉としてのねばりを見るのである。

だから、暗い現実を書いても、それほど暗い印象を与えないのは、主人公の生きようとする姿勢であり、この作品の特徴でもあると考えるのである。

作者自身、処女作の「恭三の父」(12)を書く以前に次のような一文を書いている。

せめて願はくは此の短い世に出来るだけ生を享楽したいとの念がある。吾々の欲する所は此人生を生存の価値あるものと肯定したいのである。(13)

すでに、「世の中へ」のモチーフの芽はこんな形で作者の内部に胚胎していたのである。

主人公の生きる姿勢は、どんな状況に置かれてもくじけずに、そこから喜びを見い出す庶民の姿なのである。

（1）「『世の中へ』発表当時の思ひ出」「文章倶楽部」（大一五・三）
（2）「早稲田文学」（大七・六）
（3）「福井大学学芸学部紀要Ⅰ人文科学」第13号（昭三九・三）
（4）「文章倶楽部」（大一四・四）
（5）「加能君の『世の中へ』」「文章世界」（大八・四）
（6）「文章世界」（大六・六）
（7）「早稲田文学」（大三・三）
（8）「文章世界」（大六・七）
（9）「『世の中へ』とその周辺」「日本近代文学」（昭四〇・五）
（10）『現代日本小説大系』（河出書房解説）
（11）「女性」（大一三・四）
（12）「ホトトギス」（明四三・七）
（13）「現在一念の生活」「ホトトギス」（明四三・六）

七、「若き日」のドラマ的手法

「若き日」は、大正八年秋から翌年の五月二十五日まで計二百九回にわたって『九州日報』に連載され、[1]同年十月に新潮社から発行される。〈前編〉〈後編〉に分かれ、〈前編〉では故郷に帰って来た主人公の志村恭造が、Y尋常小学校准訓導となり、そこでの女教師大杉みつえや大杉の夫である念称寺の住職の妹里江との恋愛事件が、〈後編〉では、次に赴任したN小学校でのやはり同僚の二上すみ子との恋愛事件が描かれている。

作者は、単行本の巻首に次のように書いている。

此作は主として主人公なる一人の青年の恋愛生活を取扱つてある。而も或る一つの恋愛事件を描いたのではなくて、或る時期に於ける彼の生活過程に次々に起つた恋愛的事件を幾つも列叙したやうな形になつて居る。だから事件的には前後連絡がなく、一つのまとまつた筋はないかも知れないが、一人の青年を中心とした生活の流れとして自ら脈絡相通ずるものがあると信ずる。私は或る一つの事件を描かうとしたのでなく、一つの生活から次の生活へ無限に続く人間

生活の姿を髣髴せしめたいと願つたのである。　（傍線　杉原）

このように、「若き日」は、一人の青年の生活の変化の相が幾つかの恋愛事件を通して描かれている。私は、「『世の中へ』試論」[2]の中で、伯父と主人公の関係に注目し、〈観照〉のレンズを通すことが〈調和〉を生み、作品をより広い地平に開いていると書いた。結論からいえば、この構図が「若き日」にもいえる。つまり、〈対立〉（葛藤）→〈観照〉→〈調和〉（深められた実感）の流れである。小説手法において劇的に出来上がっている。[3]その意味において、この作品の発行された大正九年の文壇を批評して、平林初之輔が次のように加能を評する見方は、加能作品における劇的構成を見落した概念的なものといえる。

早稲田派では中村星湖沈黙してより加能作次郎、吉田絃次郎氏等が自然主義の直系を継承してゐるが前者は徒らに質実を旨として平板に流れ、後者は伸ぶべき或るものを蔵しつゝ未だ伸びざるうらみがある。[4]　（傍線　杉原）

むしろ加能作品における小説手法こそ問題にすべきであろう。先の〈調和〉（深められた実感）とは、

〈観照〉を通した実感のことである。それは別な表現で、「自己描写と客観化」(5)と同じ頃に書かれた「文壇一家言　味ひの芸術」(6)を読むと次のように書かれている。

自分の求める芸術は味ひの芸術である。主義や傾向の芸術ではない。どんなに立派な主義が高調されて居ようが、どんなに高い理想が掲げられて居ようが、吾々をして人生の深い味を味はせて呉れるものでなくては価値は少い。主義は或る程度まで吾々の生活を整理し、吾々に生活の方向を示唆する上に役立つけれど、主義そのものによつて高い芸術は生まれない。

つまり、〈調和〉(深められた実感)の文学とは、人生の深い味を味わせてくれる〈味ひの芸術〉なのである。以下作品に即して、このような作者の小説観がどのように実現されているかを検討したい。

先ず前編であるが、志村恭造は、〈五月半ばの晴れた日の遅い午後〉〈まだやつと十三歳の時に我から見棄てた故郷〉に、〈今日まで前後七年の間の、寂しい辛らい艱難な放浪生活〉の後で戻って来る。恭造は峠路を歩きながら家を出た時のこと、京都、大阪での生活を回想する。〈故郷も他郷も寂しい孤独な生活をする分には異りはない〉という主人公の感慨は、「世の中へ」と同じように、この作品の通奏低音として流れている。それは、この主人公が幼い時から実母の愛を知らずに育ったことに遠因し、いわば母恋いの思いであり、その後の辛い生活からくる厭世的な気分である。四章では、継母に気がねしながらいる父の為に〈自分さへ居なければ〉と家を出る時のことが回想され、次のような書物の一節が引かれている。

世に生みの母の愛を知らぬものほど貧しい不幸なものはない。母の愛は子にとつては何物も之に比すべくもあらぬ絶妙無尽の滋味である。それを味ひ知らぬものは、旱天の下、焦土に生えて、かつて甘露の滋雨に浴することなき小草のそれにも増して貧しく不幸なものである。（四）

「世の中へ」でも、恭造の霜焼けがあまりにひどいことを伯父が、この子は幼い時に母の乳を十分に飲まなかったからだと語る部分があるが、作者にとっていかに実母への思慕の情が深かったかがこれらのことからも分かる。しかし、「世の中へ」に比して、「若き日」では継母に対する主人公の意識に変化があらわれている。自分の中にある継子根性との葛藤が、〈観照〉を通すことによって〈調和〉されているのである。

「何もかも考へ様一つだ。此の世に生れて互に継母となり継子となつたのも、互に定められた不幸な運命なのだ。継子の自分ばかりが不幸なのではなく、継母だつて同じく不幸なのだ。」かう思ふと恭造は継母に対して曾て覚えたことのない和やかな心持になつた。

今迄はそれに気づかずに、こちらの立場からばかり物を観て居た。継母に対する嫉みも猜みも、僻みも、従つて憎しみも皆そこから起つたのだ。互に愛を以て抱き合はうとはせずに、単に継母であり継子であるといふだけで、世間並の感情に囚はれて、互に猜疑と憎悪とを以て反撥し合つて居たのだ。さうだ、こちらから愛を以て接してさへ行けばよいのだ。平和も幸福もそこから生れずには居ないだらう。（十七）

（傍線　杉原）

恭造が一面的に自分の立場からだけ見ていた考え方を反省し、継母の立場に立って考えることによって狭い私小説の枠から脱け出している。作者の〈観照〉の目が働き、〈愛〉をもって対象を見ることによって、自分自身の継子根性からも救われている。ここに〈調和〉（深められた実感）が、具体的にあらわれている。

又、作者は、この世の中どんな偶然によってどう変ってゆくかわからないという人生観に立ってこの作品を書いている。

一つの生活から次の生活へ。限りなく続く人生だ。これから先きの自分には、どんな生活が待つて居るだらう。

それが幸福であるか不幸であるかは分らない。兎に角今までとは違つた生活が始まるのだ。（三）

作者は、〈或る偶然の機会が、遂にその人の一生の運命を決定づけるやうなことになることは、吾々の屡経験することだ〉（六）とも書いている。私は、この作品が〈偶然の機会〉によって左右される人生を、〈実感〉と〈観照〉の、〈調和〉のもとに描きだそうとしたものだと考える。〈偶然の機会〉によって、その人の一生が崩れてゆくことの悲劇を、「世の中へ」では、姉のお君の身の上に託し（そこでは〈観照〉があっても、〈愛〉をもって見られていない）(7)描いているのに対し、「若き日」の場合は、里江の描かれ方にそれがあらわれている。里江は、次のような境遇の女である。

小使の婆さんの話によると、里江は今年三十一二で、十年ほど前に近村の或る寺へ嫁入したが、彼女にはその前から恋人があつた。のみならずその夫であるべき男が少し低能なので、彼女はその結婚を極力拒んだが、彼女の父なる念称寺の先の住職が、先方の財産目当てに無理に結婚させたのであつた。父親はそれによつて以前からその寺に負うて居た借財を帳消しにして貰ひ、その他有形無形にさまざまの利を得たが、不幸なのはその犠牲になつた里江で、最初の中里江は幾度となく逃げて帰つて、時に先の恋人の許へ走つたこともあつたが、いつも父親の為に拌み倒され、無理々々縁家へ追ひ返された。彼女は泣の涙の中にも、秘密の裡に恋人との偶の逢瀬をせめてもの慰めとして四五年を過ごしたが、その中恋人が事情あつて台湾の方へ行つた。

其ころ里江は妊娠中であつたが、間もなく男の子を生んだ。ところがそれは恋人の子であるといふ噂が専ら伝はつた。噂は噂を生んで台湾へ行つた男の外にもまだ情夫があつたといふことまで伝はつた。先方の寺では、しかし、そんな風説が耳に入つても、別段苦情がましいことは言はなかつたが、里江は出産の為に里帰りして居たのを機会に、それきり縁家へ戻らなかつた。

（六四）

引用が長くなったが、里江に対する作者の〈観照〉がよく働いている。恭造は里江に深く同情し、〈すべては自分の弱さから陥つた罪とは言へ、それは一般の女に通有の弱点で、その為には祈るべきでこそあれ決して非難することの出来ないものだ〉とし〈社会の組織や習慣の欠陥だ〉とも書いている。このように、里江の場合は、〈観照〉を働かせてその上で愛情をもって見ている。恭造は、みつえとは違い里江に対しては身の上話を親身に聞いてあげるが、それ以上心を寄せていかず〈「不即不離」の態度〉（七六）でいる。里江に対する恭造の愛は、どちらかといえば「世の中へ」のお君（不幸にも私生児を生むという点では里江と共通する）や、肺病の為に嫁ぎ先から追い返されてくる「厄年」のお桐のような、あわれな女達に対する同情である。逆に、みつえに対しては次のように書いている。[8]

豊熟した年増の女の魅力、而も彼に許したらしく見えたところのコケテッシュな彼女の媚態に

よつて、まだ女といふものを知らない初心な恭造の心が攪乱されたのであつた。（五九）

坂本政親氏は、「加能作次郎評伝(2)⑨」の中で「若き日」について、〈一巻のねらいが後編の事件におかれている〉とし、〈殊に前編の内容は、主人公を受身の位置に立たせて、その感情をかなりに誇張し拡大して書いていることは確かである。そこには、年長の女性の愛情に対する彼特有の甘えた姿勢や解釈のあることも否定できないのであって、その点京都の弁護士夫人の場合と相通ずるものがある。〉と書いている。前編でのみつえとの関係に対しては坂本氏の評を認めても、里江の描かれ方に対しては、先に書いたように、単に自己本位ではなく彼女の立場に立った考え方をしている。私は、むしろ前編では、みつえよりも里江に対して、小説手法として「世の中へ」とつながる〈深められた実感〉が表現されていると考える。そこからくる〈受身〉なのである。又、坂本氏の〈一巻のねらいが後編の事件におかれている〉という考えも、それぞれの恋愛事件を独立してみるならば確かに後編の描かれ方がまとまっており優れているが、みつえ・里江、後編のすみ子との恋愛事件を恋愛のそれぞれの形として、その中にとける主人公の生活の流れを描くことが主題と考えるならば、やはり首肯できない。私は加能自身が書いているように、〈或る一つの事件を描かうとしたのではなく一つの生活から次の生活へ無限に続く人間生活の姿を髣髴せしめたいと願つたのである〉という言葉にもどってゆく。

後編では、恭造がN小学校に転任してからの若い女教師二上すみ子との恋愛が描かれている。土曜には、峠路を歩きすみ子を村まで送り、月曜には村から一緒に登校したりするうちに、恭造のすみ子への思いが深まってゆく。すみ子を好きな同僚の森下の存在、何やかやとささいな噂を気にする校長達の言葉が、逆に二人を近づけてゆく。後編では、この峠路を歩く二人の描写がよく描けているが、これは、先に書かれた「峠路」(10)という作品がもとになっている。「峠路」と比較して、その違いのもっている意味を以下考えてみたい。

「峠路」でも、主人公の野中、女教師の今井佐代子、そして佐代子を好きな森下という教師が登場する。ただ、どこが違うかといえば、主人公の置かれている状況が違う。「峠路」では、四十近い年の野中が次のように述懐している。

学校を出た時分には、有為な青年作家だと相当に嘱望された。おれは小説を書いた。毎月新聞や雑誌におれの作物が出た。風邪を引いて寝て居るの、旅行したの、転居したのと言っては、新聞の消息欄に伝へられた。雑誌の編集もやつた。新聞記者ともなつた。友達が出来た。女が出来た。だが一度もおれは得意なことはなかつた。満足したことはなかつた。常に不平であつた。何をしても不満であつた。自分を信ずることが出来なかつた。一日も心安らかな日はなかつた。前に敵を控へ、後に味方に背かれた気持であつた。筆を取ることがつまらなくなつて来た。書こうとして居ることが馬鹿らしくなつた。書けなくなつた。失望した。恐くなつた。自分を疑つた、恐ろしく自分を卑下した。駄目だ！と思つた。おれはいつも人の後を追うて居た。先に進まう進まうとあせつてもおれの書いたものは、いつでも他の後塵を拝するやうな結果になつた。特色がない、独創力がないからだ。おれは自身でさう思つた。

こうして精神的にも肉体的にも疲れ、放蕩を重ねて、結局年老った父が一人いる郷里に帰ってきて教師になる。ところが「若き日」では、まだ二十になったばかりの青年として書かれている。もちろん後者の方が、加能の実際の教師時代に近い。(11) 一方、大正三年に発表された「峠路」では、この作品を書いた当時の作者の置かれた境遇に近いものになっている。作者は「吾が文学修業の二十年」(12) の中で次のように書いているからである。

私は大正二年に博文館に入り、田山花袋前田晃両氏の後を受けて、西村渚山氏と共に「文章世界」の編集に携はることになつた。これから大正十年まで満八年間記者時代が続いたが、同七年『世の中へ』を発表する迄の数年間は、作家としての私の最も惨めな時代だつた。私は学校を卒業してからも、一方に雑誌記者を勤めながら傍ら熱心に創作を続けてゐた。そして絶えず何か作品を公にしてゐたが一寸も認められなかつた。(中略)ところが大正七年「読売新聞」に『世の中へ』を出して、始めて漸く一作家として認められるに至つた。これが私の出世作で、明治四十三年に処女作『恭三の父』を発表してから約十年の長い年月がその間にあつた。

（傍線　杉原）

つまり「峠路」では、執筆時の作者の作家としての苦しい状況が投影されているのに対して「若き日」では、「世の中へ」の成功によって、作家としての自信を持ち「世の中へ」の延長線上に書かれている。作者は「若き日」を書き終った大正九年、十二月の『新潮』で、一年をふり返り〈随分沢山書いた〉と答えているように「若き日」だけではなく、同じく新聞小説の「小夜子」を「国民新聞」に載せるなど充実した一年であったわけだ。

ところで、私は前編の説明のところで恭造の寂しさは、この世の中どんなことがおこるかわからないという厭世的な気持と同時に、母恋いの思いであると書いた。その満たされない思いを作中の女性に求めているのだが、後編でも恭造はすみ子に次のような手紙を出している。

誰か優しい母親の様な愛に充ちた人の暖かい胸に抱きすがつて、思ふさま泣いて見たいやうな、そしてその人の情深い愛撫に浸りたいやうな心地です。しかし、もうこんな女々しい甘つたるいことは申しますまい。私はどこまでもこの寂しさ愁はしさに堪へて行かうと思つてゐます。

（六十）

又、始業式の後、校長・福本等と飲み、福本にすみ子との関係を詮索されたことや休暇中のW

温泉行きにすみ子が来なかったことからくる〈慰められない憂愁〉とが一緒になって口あらそいをしてしまう。だが、そのことで学校を休んでいる恭造の元に校長が訪ねて来て、恭造は、〈常々自分から反感と軽蔑を以て校長に対して居たことが非常に済まなかつたやうな気がした〉と思う。けんかした福本に対しても、後で福本が自らの失恋の話をする中で理解をみせてゆく。このように、登場人物の描き方として〈対立〉（葛藤）→〈観照〉→〈調和〉という流れをとることによって一面的な人物造型から脱け出し、それぞれの登場人物がリアリティをもってゆくのである。このことを「若き日」の小説方法として指摘したい。次に私は、人生の流れ（偶然の左右する流転の相）と作品構成の一致を第二の特徴としてあげたい。「若き日」は、三つの恋愛事件によって成り立っている。[13] そしてそこにそれぞれのドラマがある。しかし、〈人生〉が生きていくかぎり完結することのないドラマであるように、三つの恋愛事件がそれぞれ一つの愛の形をとりながら完結はしていない。むしろ完結を作者の方で避けているようである。そしてそれらの事件が次々につながってゆく。みつえから里江は直接的につながる。同時に、前編の中で既に後編につながってゆく要素をはらんでいる。それは恭造自身の〈転任〉ということである。作り上げていった関係が個人的な要因だけではなく外部の要因によって崩れてゆく。しかし、それは同時に次につながってゆく可能性を持っている。個人的要因だけではないことを、作者は〈偶然の左右する人生〉と書いている。後編でも、すみ子とW温泉に行こうと約束していた時に、すみ子の所に友人の角田が遊びに来て、それができなくなる。又、すみ子を好きな木下という男があらわれたり、最後は、すみ子の転任と、様々な偶然が重なり、この愛も成就できないで終ってしまう。しかし、作者はそこで筆を置いてしまわずに、今度は、恭造もよく知っている正木勝子という新任の女教師が着任してくる。そして、結果は次の恋愛を暗示させるような描き方がされている。ここに「若き日」の第二の特徴が如実にあらわれている。

その翌くる日の朝早く、恭造は思い出に充ちたあの峠路の露を踏みながら、Nの学校へ戻つて行つた。彼と一緒に残つて町の宿屋に泊つた勝子が、嬉しさうに彼に寄り添うて歩いて居た。

（終章）

事件としては閉じてゆくのだが、同時に又開いてゆくというドラマ性がある。終りに近い百十二回目で作者は、再度〈一つの生活から次の生活へ、限りなく新しい面白い世の中だ〉と書いている。これは、前編の〈一つの生活から次の生活へ。限りなく続く人生だ。これから先きの自分には、どんな生活が待つて居るだろう。〉（三）という言葉と響きあうものであるが、後編の言葉が、いかに皮肉に聞こえるか。偶然が左右するこの人生で、なすすべもなく見ている恭造自身の自嘲の意味がそこには込められている。このように「若き日」は、一つの恋愛事件を描くというより、それぞれの恋愛事件を通しての一人の青年の生活の流れを描くことにあるわけで、偶然が左右する人生の大きな流れの中における個人を描いているといえる。恋愛小説といえば、読み手は登場人物の恋愛に、読みながら同化してゆく中でカタルシスを味わう。しかし、「若き日」の場合はそれと違い、作り上げていったものをこわし又作り上げてゆく。読み手は同化されると同時に異化され、いやが上でも、この人生の実相に触れるのである。総じて、作者は「若き日」で細部では人物造型に、大きくは小説全体の構成にドラマ的手法を取っていることがわかる。

（1）国立国会図書館にある「九州日報」はちょうど大正八年分が完備されておらず「若き日」の開始日が確定できない。ただ、大正九年分は見ることができ、単行本時のように、前編・後編それぞれに一章から始まるのではなく、それは通算で二百九回となっている。

（2）「イミタチオ」3号（昭六〇・一〇）

（3）加能には、「近代劇の自然性」（『早稲田講演』明四五・二）という論文があり、諸家の評を紹介しながら〈戯曲は人間意志の争闘の表現なりとは、すべての学者の説の一致する所である〉と書いている。

（4）「新潮」（大九・一二）

（5）「文章世界」（大六・七）

（6）「層雲」（大六・七）

（7）この点は「厄年」（『ホトトギス』昭四四・四）のお君の書き方にも言え、お君にはよく観照が働いているが、そこには〈愛〉が欠けている。それゆえに主人公の平三は、〈救いようのない現実〉の中で苦しむのである。

（8）みつえと里江の描き方の対比については、同時代評として加藤武雄の「『若き日』の印象」（『文章世界』

大九・二）がある。

「みつえが、大体に於て単純的な女性であるのに対し、里江の方は、かなりこみ入つた性格の持主である。少くとも彼女は人間の罪に眼覚めた女である。みつえは徹頭徹尾肉の女であるが、里江は将に霊に赴かむとする女である。此の二人の女性の対照は極めて効果的で、よく、彼は此を引立て、此は彼を引立ててゐる。それから恭造の二人の女性に対する心持も極めて鮮かに描き分けられてゐる。」

（9）「福井大学学芸学部紀要I人文科学」第13号（昭三九・三）

（10）「ホトトギス」（大三・一）

（11）『日本近代文学大系47』（角川書店昭四五・五）巻末の「加能作次郎年譜」（坂本政親氏作成）を見ると、加能が大阪から郷里に帰ってきたのが明治三六年で一九才、そして上京するのが明治三八年で二一才の時のことである。

（12）「文章倶楽部」（昭三・九）

（13）細かくいえば、この作品には、弁護士夫人・みつえ・里江・すみ子・勝子の五人の女性が登場するが、恋愛事件として考えるならば、みつえ・里江・すみ子の三人との関係が問題になろう。

八、「小夜子」の方法

初めに

「小夜子」は、大正九年国民新聞（八月五日～九月三〇日）に連載され、翌年七月、同名の単行本として新潮社から発行される。その際、雑誌記者兼小説家であった作次郎の、二足の草鞋を穿くことの難しさを描いた「釜」（「新潮」大一〇・二）も収録された。以下引用する本文は、大正十年八月十八日五版による。

本稿の目的は、前号（「イミタチオ」第四号）で論じた「若き日」の劇的な小説手法が、この「小夜子」では、どのようにつながり、又新しい側面を見せているか、作品史の上で考えることにある。

開かれたドラマ性

「世の中へ」（大六）では、冒頭、主人公が田舎から京都へ行く経緯が書かれ、二章で〈これから世の中へ出るのだ。どんな運命が自分を待つて居るだろう?〉と書き、最後は次のように、主人公が又新しい生活に入っていくところで終わっている。

昼頃から客がぽつぽつやつて来た。そして夕方には、広い玄関も殆ど充満になつて、私は往来にまで履物を並べた。

「お出やーす。おあがりやーす。」

「お帰りやーす。」

私は声を張りあげて間断なく呼ばはつて居た。

次に「若き日」(大九)では、主人公の志村恭造が峠道を歩きながら田舎に帰ってくる描写から始まり、最後が正木勝子という女性と、二人で峠道を歩いて帰るところで終わっている。この〈峠道〉という場面設定で一つの小説世界として円環を形作っており、その終わり方に作品の主題が象徴されていた。更に、主人公の述懐をとってみても、特に初めの方の回で作者は、〈一つの生活から次の生活へ。限りなく続く人生だ。これから先の自分にはどんな生活が待つて居るだろう。〉(三)と書き、終わりに近い百十二回目では、〈一つの生活から次の生活へ、限りなく新しい面白い世の中だ〉と書いている。両者は作品の初めと終わりで響きあっているが、その意味の違いに「若き日」のドラマがあった。

つまり、「世の中へ」「若き日」に共通することは、初めと終わりで一つの円環をなし、新しく小説世界が開かれていく形で終わっていることである。又、小説主題として、主人公が様々な要因で挫折しながらも生きていく人生の実相を描くことにあり、そこから主人公の内面における劇的構成（葛藤→観照→調和）という表現手法をとっていることである。そして、このような小説世界における外と内の劇的な構成が、一つに結びついて作品を構築している。

さて、「小夜子」であるが、その冒頭はこうである。

いろいろと思ひあぐんだ末に、小夜子は兎に角野島俊吉を訪ねて見ようと決心した。野島は小夜子と同県人で、小説家である傍或る有力な文芸雑誌の編集をやつて居た。（一）

ここでは、小夜子の視点から書かれている。ところが、作品の最後には、次のように野島の視点に変わっている。

其後また間もなくであつた。小夜子の照香が、客の前で裸踊りをやるので大評判になつてゐるという噂が、何処からともなく伝はつて来た。薄い羅一重で、全裸体といつてもいゝやうな姿で、蓄音器のタヽラヽイラの譜に合わせて淫猥な踊りを踊るのだといふことだつた。そして非常に売れるので、暫くの間に金も大変こしらへたといふことも、誠しやかに伝へられた。

丁度この頃川股は、日比谷の大神宮で或る実業家の娘と結婚式を挙げた。（終章）

生活に困った小夜子が、同県人の野島を訪ね様々な人達と出会い、結局は照香という芸者となりこの作品は終わっていく。川股とは、小夜子と同棲していた男である。最後の一行が「若き日」の最後の一行と同じようにして皮肉につけ加えられている。

自分の希望する中学へも行けず、又新しい生活である料理屋の下足番としてやっていく「世の中へ」の恭三。すみ子との恋も結ばれず別な恋愛を予想されるような「若き日」の恭造。結末における、このような終わり方は、「小夜子」も同じなのである。皮肉な結末にしろ、小夜子の別な生き方を暗示した終わり方は、作品として閉じていくと同時に、又新しく開かれていくドラマ性がある。先ず、この点を「世の中へ」「若き日」に通ずる、「小夜子」の第一の方法として指摘したい。

三つの視点

「小夜子」では、小夜子の視点から始まり野島の視点で終わっている。「世の中へ」でも「若き日」でも、主人公の視点から書き出されている。それでは、「小夜子」の場合、小夜子が主人公かといえば、私は主人公は野島であると考える。この点に、「世の中へ」や「若き日」には見られない「小夜子」の新しい方法がある。小夜子像は、「世の中へ」や「若き日」にもつながるが、野島のこの作品における位置は、「小夜子」によって初めて明確に提示されたものと言えよう。
更にこの小説の構成手法を考えていく上で、あらすじをもう一度たどっておきたい。

地方で教師をしていた村岡小夜子が、文学に志し、親の反対をおし切って上京する。しかし生活に困り同県人の作家兼編集者の野島俊吉を訪ねる。それから、野島に雑誌の手伝いの仕事を紹介され、訪問記事を書くようになる。そうこうしているうちに、編集部にいる川股のところの飯焚きの婆やが病気の為に暇を取ったので、そのかわりに小夜子に来てもらえないかという話がおきる。野島はやめるようにも言えず、小夜子にそうさせる。川股と小夜子との仲は次第に深くなり、それを見かねた川股の兄が、別の婆やを寄こしたり自分の息子を下宿させたりしていくうちに、川股の方が小夜子にさめていく。小夜子は、編集部の他の男達にもこびをうって頼るが、いつのまにか彼らの前から消えて、今度は、神楽坂で貸席をだしたから来てくれとの案内状が編集部に届く。更に、二、三ケ月すると小夜子の裸踊りが有名だと伝わってくる。ちょうどその時、川股は別の女性と結婚式をあげていた。

この作品は、大きく小夜子、野島、作者の視点に分かれる。全体で二十章であるが、六・九・十二章とその章末に次の展開を暗示するような言葉が置かれている。

a、そして近い将来に、自分の身に、運命の転換が行はれるやうな事がやつて来はしないかと、自ら自分の心を省みながら、不思議にもそれを待ち望むやうな気持になるのであつた。(六)

←〔野島の紹介で雑誌の訪問記事を書く〕

b、ところがその後間もなく、彼女の生活に一寸した変動が起こつた。それは極めて些細な全く偶然なことから、何気なく起こつたことであつたが、而もそれは遂に彼女の運命を決するやうな大きな出来事でもあつた。彼女の生涯は、この時を境界として大きな転換をなしたのであつた。(九)

←〔川股の家に手伝いに入る〕

c、併しそれは彼のロマンチックな空想に過ぎなかつた。彼は川股や小夜子に対する信愛の心持ちから、彼等が瀬田やその他の仲間の連中の予期を裏切つて、決して人間はさう安つぽく物質的にばかり解釈できないものであることを、事実によつて示して呉れればよいがと独り心の中で願つて居たにも拘らず、実際はさうした理想的な考へ通りには行かなかつた。(十二)

←〔小夜子は、川股との怠惰な生活に溺れていく〕

ａが小夜子、ｂが作者、ｃが野島・作者の視点で書かれている。小夜子は、新しい生活がやってくることを期待し、野島は他の編集部の男達のいうようにはなるまいと小夜子の人間性を信じる。しかし、実際は登場人物達の判断を超えて人生という不可解なるものに翻弄されて小説は展開していく。そしてその姿を眺める作者の目が、小夜子や野島の目と交錯してあらわれてくる。

このようなａ、ｂ、ｃの先の展開を暗示するような言葉が、「小夜子」の小説展開をスムーズにしている。新聞小説としての「小夜子」の第二の方法である。

小夜子の人物造型

この小説は、小夜子の側から見るならば、希望を持って上京してきたにもかかわらず、様々な原因から堕ちていった過程を描いたものであると言える。その小夜子を、野島は次のように見ている。

普通の美人にはかなり遠くはあるが、如何にもユーモラスな、不調和の中に一種の調和をもつた、そして正直な善良な心をその儘にあらはした邪気ない顔で、少しも悪気のない、長く交き合つて居れば、次第によく思われ好かれて来るような質の女であつた。（一）

又、小夜子の身の上についても、次のように詳しく書いてある。

彼女は県立の師範学校を卒業して、二年ばかりK市の小学校で教員をして居たが、文学に熱中して、まだ義務年限が尽きないのに、病気だと詐つて辞職し、どうしよふといふ的もなく、只だ無鉄砲に東京へ逃げ出して来たのであつた。故郷には年老つた両親があるが、到底学資など出して貰へる見込はなく、東京に居る兄は貧乏画家で自分独りの生活もかつかつといふ有様だし、今一人長兄が青森県の方に林檎の栽培をやつて、相当に暮らして居るが、小夜子の出京には絶対に反対なので、小夜子が幾ら希望や抱負を述べて補助を頼んでやつても、女だてら生意気だといつて頭《てん》で才能を認めて呉れず、若し彼女の作が世間に発表されでもしたら、其時は、幾らか手伝ひもしようが、見込みのないものに資金を出すことは出来ない、自分勝手に出て来たのだから、勝手にするがいゝと言つて相手になつて呉れないと云ふことであつた。（二）

この小夜子の身の上の説明は、「若き日」の里江の境遇の描写に似ている。そして、後で小夜子が堕ちていくにしても、それを単に個人の責任にしてしまうのではなく、小夜子は小夜子なりに文学に志そうと上京してきた善良な初な心をもった女性であったことを説明している。その意味では、この小夜子のみじめな境遇は、作者自身が堕ちいりかねなかった道でもあり、自伝作品で作次郎が一貫して描いてきた、〈偶然の機会〉によって左右されその一生が崩れていった女たちの悲劇なのである。「厄年」のお桐、「世の中へ」のお君、「若き日」の里江の延長線上に小夜子はいる。

又、私は「若き日」の初めと終わりで響きあう言葉があり、その意味の違いに作品のドラマがあると書いた。それと同じことが「小夜子」にも言える。

彼女はまるで東西も分らぬ幼い子供が、繁華な都会の中心に迷児になつたやうに、始めて全く一人ぽつちに実際の世間に抛り出された不安と心細さをつくづくと感じた。それは飢ゑと寒さに苦しんで途方に暮れて居るとは全然異なつた苦しさだつた。(五)

縋りついて行けば、何うかして呉れるだらう、身を投出せば容易く抱き上げて呉れるだらうと、かなりだらけた自惚れた小夜子の気持ちは、かうして裏切られて了つた。彼女は最早外に縋るべきあてもなく、恰も暗夜の捨て犬のやうに、取り著く島もなく全く一人ぼつちに此の世に抛り出された。(二十)

このように、五・二十章で小夜子の置かれている状況は〈一人〉であることで一致している。しかし、最初と最後の〈一人〉は、意味が違っており、後者の小夜子の孤独ははるかに深い。小夜子をとってみると、〈一人〉から〈一人〉へと一つの円環をなしているが、いわばその円は同じ地点に帰っているのではなく、らせん状のように、次に新しい展開を見せていくように終わっているのである。先に述べた「小夜子」における開かれたドラマ性とは、この点を言うのである。

初心で無邪気な小夜子が、川股という〈現実的な、一種の享楽主義者〉と出会うことによって、〈甘い生の享楽〉の方に流されていく。自分を失い、〈女といふものは弱い損なもの〉として男に頼っていく。小夜子は、十三章で川股に次のように語る。

私は只だ私の心といつていゝか本能といつていゝか知らないけれど、正直にその命令通りになつたんだわ。

そして、十九章では、作者が小夜子を通して語っている独白がある。

あの時あゝでなかつたらとか、あの時かうしたらとかいふ風に、返らぬことを繰り返しては自分を果なんでるんですの。そして世の中――といふよりも人間の一生といふものは不思議なものだ、全く予想もしない偶然の機会で、いろいろさまざまに変化して行くが、而もそれは偶然とは言ひながら、ちやんと必然の運命のやうに定まつて居るのだ、といふ風に、生意気なやうですが、妙に自分を突放して芸術的に観照するやうな気になるんですね。

……中略……

さうすると性格と境遇といふことも考へられて来ます。私のやうなだらしのない性格の女だつたから斯うなつたのか、又はある境遇に置かれたらこんな性格になつて、そしてまた境遇を作つたのか、どちらがどうとも分からなくなつて来て、不思議なやうな時には面白いやうな気さへもしてくるんですわ。

このように、作者は小夜子自身では言えないような言葉を、ここで語らせている。「若き日」の里江のように、ここでも作者の〈観照〉がよく働いている。

野島の位置

次に野島像であるが、特に野島の小夜子に対する態度が問題になる。結論から言えば、野島は小夜子の生き方を照らす役割を担っているということである。そこに「小夜子」の新しさがある。

この小説では、小夜子が川股の所に行くようになったことが大きな転換点となっている。小夜子がそのことで野島に相談する時のことである。

野島は、〈小夜子が断つて呉れゝばよいがと思つた〉が、〈兎に角、行くことにして下さい。さうお願いします〉と言ってしまう。小夜子は、野島に逆のことを言われることを期待していたにもかかわらずである。

「若き日」でも、恭造は里江に対して、里江が本能のままに動き温泉から手紙をくれたことに、あえてそれに応じようとしなかった。そこから、里江は自分の甘えを反省する。この里江に対する抑制が、小夜子に対しても働いている。

例えば小夜子が野島に出会って、手紙で野島に窮状を訴えお金を頼んだ場面では、野島から、〈私は金銭上のことで、あなたのお心を束縛したくないのです、私はいつかあなたに僅かばかりのものをうつかり差上げたことを、後になつて悔いた位です。金銭のことゝいふものは、妙に人の心を束縛するものです。〉（九）という返事が返ってくる。

小夜子が川股の所へ行くときも、野島は、小夜子は断るだろう、たとえ実際行ったとしても、他の編集部の男達が言うようにはならないだろうと考える。〈兎に角若い男と女と二人きりで一つの棟の下に居ては駄目だよ〉という瀬田の言葉に、野島は次のように思う。

瀬田の言ふことは確かに反面の真理を道破したものであつた。それは人間の弱点を突いた言葉であつた。野島と雖もそれを認めないわけではなかつた。けれども彼は人間にさうした弱い半面があると共に、彼等はまた自ら自分自身を畏れる心、神を畏れる心、言ひ換へれば自分自身の内の神を畏れる心のあることを信じて居た。この心が、人間をして自ら種々の禍を醸し、また種々の罪悪に陥ることから免れしむるのだと常々思つて居た。畢竟人間の強さはこゝにあるのだ。自省とか抑制とかいふ美徳も、皆なこの自分自身を畏れる心から出てゐるのであつて、これがある為に世の中の秩序や道徳が保たれて居るのだと思つてゐた。只多くの場合に於て、人間は種々の盲目的な欲求の為に一時この心がくらまされて、事の後にこの自分を畏れ神を畏れる心の眼覚に苦しみ勝であることをも野島は知つて居た。（十二）

このような野島の考えが、「小夜子」の新しさなのである。「若き日」における里江に対する恭造の抑制を、「小夜子」では明確に野島の言葉として描き出している。

今かりに小夜子の生き方を〈本能〉とか〈盲目的な欲求〉に従ったものとするならば、野島の生き方は、〈自分自身の内の神を畏れる心〉に従ったものと対比的に言うことができる。小夜子は、〈自分自身の内の神を畏れる心〉を欠いたがゆえに、〈本能〉のままに動き堕ちていったわけである。野島が小夜子に望むのは、小夜子自身の〈自分を畏れる心〉から人生を歩いてほしいということである。この小夜子の生き方を照らす野島の設定が、「小夜子」の第三の方法と言える。そしてそれが「小夜子」の新しさにもなっている。

付・加能作次郎の文学碑

作次郎は、昭和一六年八月五日、五十六歳で急性肺炎で急死する。

その後、羽咋郡富来町などの地方文化人の組織である富来郷文化懇話会を中心として、記念碑建設の運動が起こり、その資金をつくるため、作次郎の作品を集めた『このわた集』が昭和二七年二月に出版される。

そして、作次郎の一〇周忌に当る昭和二七年八月五日に、当時日本文芸家協会の会長であった青野季吉ほか、広津和郎、宇野浩二の二作家も参列して除幕式が行われた。

碑は、白山、宝達の山並を一望でき、眼下には西海湾が広がる風光明媚な場所である。

主碑には、作次郎が二女芳子の結婚の際に贈った、

人は誰でもその生涯の中に一度位自分で自分を幸福に思う時期を持つものである

の文字が刻まれている。

又、前方右の文碑には、親友谷崎精二文、小松稲雄書の作次郎の略歴が刻まれている。
以下に、碑に刻まれている略伝を記しておく。

加能作次郎君は、明治十九年一月石川県羽咋郡西海村に生まる。幼にして母に死別し且つ家運漸く衰へ詳さに生活の辛苦を嘗む。青年時代暫く郷里の小学校に教鞭を執りしが後志を立て上京し、早稲田大学文学部に入学して、坪内逍遙、島村抱月、片上伸諸教授の教えを受く、ことに片上伸教授の門に出入して、その感化を受くること多し、在学中文芸雑誌「ホトトギス」に創作を発表し、早くも新進作家として嘱望せらる。明治四十四年同大学を卒業、翌年春博文館に入り「文章世界」の編集に携はると同時に作家としての精進を怠らず、素朴にして抒情豊かなるその作風は、漸く文壇に認むるところとなる。昭和十六年八月五日東京にて病死、享年五十六歳、故人の十周年にさいし、郷土に記念碑の建立を見るは、喜びに堪へず、碑とともに故人の文名の永遠に伝へらるべきを確信して友人谷崎精二記す。

昭和二七年八月

同学小松稲雄書く

第二部　私の文学散歩

一、中野重治「むらぎも」を読む

（歿後十五年「中野重治研究と講演の会」研究発表——於・法政大学）

（一）

「むらぎも」は、一九五四年の一月から七月まで雑誌「群像」に連載されました。その前年、中野は鷗外の「青年」を評して、〈青年もちまえの、それなしには青年期というものの考えられぬようなカオスがない。濁りの渦というようなものがない。〉〈一九一〇年の日本は、また世界は、ここに描かれた世界をふくんで深刻な変動を受けつつあつた。このいつそう大きい、いつそう根源的な世界から、主人公は作者の手で用心ぶかく遮断されていた。〉（全集一六巻）と書いています。

この「青年」評が、逆に「むらぎも」の世界が持っているものを語っていると言えます。つまり、「むらぎも」には、青年期特有の〈濁りの渦〉が、〈いっそう大きい、いっそう根源的な世界〉の中で、描かれているという意味においてです。

さて、「むらぎも」の主人公、安吉の生きた一九二〇年代中葉は、時代の転換点とも言えるような、激しい動きを見せています。経済不況が続き、労働運動資料委員会の統計資料によれば、一九二五年の労働争議が、八一六件だったのに対して、翌年には、一二六〇件と激増しています。そのような動きに対して二五年に治安維持法が公布され、二六年の一月から全国の社研学生の検挙が始まっています。

又、文学の世界でも、二一年の「種蒔く人」に始まり、二六年の日本プロレタリア芸術連盟の成立と、プロレタリア文学運動が胎動し盛んになっていきます。そして一方には、二七年の芥川の死があります。

「むらぎも」は、このような時代の激しい動きを作品の背景に持っています。そして、この作品には、既に指摘されているように、大きな事実との食い違いが二つあります。中野が実際に関係した共同印刷の労働争議を一年後にし、芥川（作品では葛飾）との会見を、三ケ月程早めていることです。これによって、先に述べた、その時代の特殊性・文化の様を、政治と文学の両面から安吉の卒業という時期に集約的に描き出すことに成功しています。つまり、労働争議を一年後に遅らせることによって、大正天皇の死と重なり、労働者の生活の側から天皇制の意味を描き、又、芥川との会見によって、文学の新旧交替の様子を、一つの〈劇〉として描きだしているということです。

労働争議と天皇の死という二つの事件を重ね合わせたことに対しては、三枝康高が次のように書いています。

おそらく作者はこの二つの事件を噛みあわせることによつて、資本家側の背後に隠された天皇制権力の政治的役割を暴露し、そのため労働者がどんなに苦しいたたかいを強いられたかを、その尖鋭な対立のかたちにおいて把握しようとしたものと思われる。　「日本文学」(一九五六・十)

私は、天皇制に対する中野の考えは、単に労働争議の場面だけにあらわれているのではなく、「むらぎも」全体に脈々と流れている重要なテーマだと考えます。以下、この問題を安吉の感覚を手掛かりにして辿ってみたいと思います。

安吉には、彼が大切にしている高麗人形に代表されるような、〈気楽で平民的なたのしさ〉を好む感覚があります。この感覚の背景には、次のような、安吉が育った〈村の生活〉があります。

冬になると藁仕事が始まる。部落のあちこちの仕事小屋にあつまつて、少年、青年、おやじたちが、草履つくり、草鞋つくり、俵編み、むしろ織り、縄ない、藁ぐつ編みをやる。さい槌の音、むしろ機の鈍重な筬の音、新わらの清潔で乾いたぱさつく音、れんじ窓から射した光の幅の中で踊つている藁の微塵、それにまみれて、中年で口わるのおばさんなどがまじつて湧くさかんなおしやべり。安吉の祖父も父もそこにはいなかつたが、子供の安吉はそこで藁うち、縄ないを覚え、草鞋つくり、草履つくりもいつかそこで正規に覚えたのだつた。

このような〈村の生活〉が安吉の感覚の基にあり、合宿所の佐伯のおばさんやシナそば屋の仕事ぶりに楽しみを覚えたりします。

安吉の感覚の中でも、特に注意したいのは、聴覚の面です。合宿所の階段のトントンという音、階段を昇りながら、横の壁をたたいてみたときの音、鰹節をかく音、屋台のおやじの使うごく短いうちわの音、鈴の音、日暮里駅からの不思議なほど遠い呼び声など、安吉は敏感に反応しています。

この安吉の聴覚に、中野がかなり意識的であったことは次の例からも分かります。第六章の鈴の音の描写です。

雑誌初出では、〈凍てついた空気が、リンの透明な鳴りで一そう凍りつくような寒さで聞こえてくる。〉が、単行本では〈凍てついた空気の中を、それを押しのけるようにして、それによって、四方から挟んだ空気を一そう凍てつかせながら、それ自身の透明な鳴りでそれは聞こえてきた。教科書の音響図のようなものがぼやあつと浮かんでくる。ななめに傾いた鈴の舌、そこから出来てゆく十重二十重の音波の圏、それがそのまま水のなかを泳いでくるようにしてこつちへ来る。〉と加筆されています。私は初めて「むらぎも」を読んだ時、この部分の感覚的描写の見事さに驚きました。しかし、このような豊かな音の世界、〈平民的な楽しさ〉の感覚が生きている世界とは、対局にあるものが、同時に描かれていることも見落としてはならないと思います。

それは、新人会の仲間で、華族である沢田の、老女に対するしかり方にもあらわれています。〈決して口を大きくあけない〉で〈肉を鋏で切るかのするような調子〉でおこなわれるようなやり方です。

これに対して安吉は〈大声でどなりつけられるほうが、叱られるほうとしては気がラクなのではないだろうか〉と感じています。

この声を押し殺すような世界の、最も大きな出来事としてあらわれてくるのが、第七章の「静かに」という言葉に象徴される天皇の死です。そこで中野は次のように書いています。

労働者の動きを「不敬」の一語で静かに圧した。「静かに」――この「静かに」は、わきから来ているだけの安吉にも、ガス臭のように、言ってみようのない凄惨として皮膚にじかにあたった。

この「静かに」という上から押さえつけられるように来た言葉は、平民的で豊かな音の世界に生きる安吉には、皮膚として受け付けられないものなのです。

作者はここで、安吉に、自らの感覚的世界の敵を把握させています。

安吉の感覚が天皇制と対立するまでに、作品ではかなり周到な布石が打たれています。安吉が沢田の家を訪ねたのは、沢田が高校生の時に〈プリンスを仆せ！〉というビラをまいた理由を聞きたかったからでした。

又、武田泰淳は〈この長編では、春画の段の前後左右に、天皇に関する記述が充満している〉と指摘しています。武田の指摘のように「街あるき」に藤堂（犀星）に春画を見せてもらう場面がありますが、これが「むらぎも」になると、同じ場面を描きながらも、天皇を生身のものとしてひきすえた斉藤（犀星）の天皇観が新しく書き加えられているのです。そして、村田ノ宮のこと。平井の天皇制批判。安吉の同情的な皇族観。天皇の死と対比的に描かれている争議団労働者の父親の死。十章にも、村田ノ宮と一緒の卒業式が描かれています。総長代理の〈村田ノ宮殿下とごいっしょに卒業するという光栄をになわれる〉という言葉に対して、安吉は〈おまえはおれといっしょに卒業する光栄を持つ。おれはおまえといっしょに卒業する光栄を持つ。あいこだ……〉というように人間として同等に扱うべきだという安吉の考えがでています。

武井昭夫が「中野重治への一つの疑問」（「近代文学」一九五四・一二）の中で、〈感覚から新人会運動に入っていった安吉が、後半の労働者との接触の中で、いつのまにか福本主義的なものの感覚的批判者に変わっているが、僕はこの曖昧な変貌あるいは成長に、一種のごまかしを感ずるのである。〉と書いています。私は、安吉が福本主義的なものの批判者として変貌したというより、むしろ、安吉の感覚は一貫しており、〈村の生活〉を感覚の土台としながらも、新人会に入り、争議団に参加することによって〈いっそう大きい世界〉の中で、社会的な成熟を見せていると思います。そして中野が安吉の感覚を通して、最も批判したかったのは、天皇制における非人間的なあり方だったのではないかと思います。

（二）

次に、安吉の社会意識の変化を労働者との関係で考えてみたいと思います。

安吉の歩みには、不安と惑いがつきまとっています。そして、それが作品では安吉の方位感覚のなさとして表現されています。第四章で安吉は、〈おれには方位感覚がない。何かそこに欠落がある。〉と感じ、第七章では、〈全体の関係図をどんな具合いに描いて、そのどこのへんに自分の位置をおくかが安吉にはあいまいだつた。またそれがはつきりしなければ、全体の図そのものがかきようがない気が安吉にはした。〉と書かれています。

つまり、安吉の方位感覚のなさは、どこに生活の根拠を置くかが定まらないことから来ており、ちょうど安吉の内面の不安・迷いを現していると言えます。自分の中でどう地図を描くか、どこに自分の座標軸を定めるか、青年期特有の迷いがあらわれています。

このようにとつおいつしながら進む安吉ですが、社会意識、特に労働者に対する関係は確実に変化、成長していると言えます。

第一章で、安吉が村山と一緒に朝早く京都大学からの連絡者を迎えに東京駅に行く場面があります。そこで、通勤途中の労働者のかたまりを、何かのデモと安吉は勘違いをします。一緒に行った村山からは目をそむけられてしまいます。

この程度の意識しかなかった安吉が、争議に参加して労働者の二階に住むことを通して変化して行くのです。つまり、外側からではなく、内側から労働者がとらえられていくのです。第十章では次のように労働者の内に入り、つながって行きます。争議の解団式の場に安吉は入ります。中に入って突き飛ばされて尻餅をついた安吉が助けおこされるのです。

そしてそのままそれが安吉を人の中を引つぱつた。それは—巡査ではないに違いなかつた。—壁のところまで安吉を引きずるようにしてつて、そこで止まつて安吉の手をつかんだ。人群がそこでも動揺しながらぎつしり詰まつていた。引きずつてきて手をつかんだのは岩月だつた。演壇から「今日は三月一八日であります。パリー・コンミュンの日であります……」というかんだかい男の声が聞こえて、「片口君……」といつて岩月が摑んだ手に力を入れた。(十)

ここでは、安吉が労働者の世界から内側の人間として描かれています。

私は「歌のわかれ」の、浅野川をわたる機関車から出された「手」を思いだします。今、それと同じ労働者の「手」に安吉は力強くにぎられています。「むらぎも」の安吉は、「歌のわかれ」からも大きく変化しているのです。

安吉は、このように争議団に加わることによって、感覚的に、労働者と共通な敵を認識できたのであり、そこに中野が実際の争議を一年後にして、天皇の死と重ねた理由があると思います。そして、安吉が最も安吉として現れるのは、「静かに」という一語を前にした時なのです。

（三）

最後に第十章の風景描写について考えたいと思います。この章は、金属の斉藤と四ツ木橋を渡るところから始まっています。安吉は、斉藤の平井での秘密の相談に、カモフラージュのためにつれ出されます。四ツ木橋を渡りながら下流にかけての風景を安吉は眺めます。そして、安吉は立石から平井にかけて、さっき立ち寄った新小岩を入れて〈風景全体に錯覚を起こしそうな拡がりの感覚〉を覚えます。この風景のむこうには、斉藤だけが行った工場地帯があります。この風景を眺める安吉を描くことによって、これからの安吉の方向性、より広い、まだ斉藤のようにはつながっていない心底つかれるような労働者の世界に向かうことを暗示しているのではないかと思うのです。この風景描写は、「歌のわかれ」の〈加賀平野の平ったい眺めはもつとあけつぴろげて人の営みを現していた。この営みの感じは、野の面から蒸気のようになつていつぱいに昇つていた。〉という眺めに共通する主人公の意志的なものを感じさせるのです。

安吉は、四ツ木橋を渡り、市電に乗って向島から吾妻橋を渡り本郷を通って合同印刷のある小石川に行きます。向島を過ぎる時には「土くれ」同人の深江（堀辰雄）のことを思い出します。四ツ木橋からの風景の世界を志向しながらも、「土くれ」の世界、「新人会」の世界と、今までの歩みを辿るようにして移動します。

そして、最後に〈さしあたりそこだけが、しばらくなりゆつくりできる場所〉として、争議団の〈あの男〉のもとに帰っていくのです。それはとりあえずの場所であり、やがては、あの四ツ木橋から眺めた、より広い労働者の世界に向かって行くことを暗示して、この小説は開かれた形で終わっています。

又、もう一つの安吉の将来を暗示するものとして、第一章に、ムンクの二十四の時の自画像があります。これに対して〈あれでみると、「悪魔派」だの「異端の画家」だのとだけでムンクをかたづけるのはまちがつていやしないか〉と書き、〈労働と生活〉を正面に描いてゆく変化に次のように感じています。

これこそが順直なプロセスなのだ。「異端」と見えたものはここへとたどつて行くのだ。そしてそのことが、いくらか甘やかし気味に彼自身のコースを肯定してくれるもののようにも彼には見えたのだつた……。（一）

この第一章のムンクの歩みと自らの歩みを重ね合わせる描写、最終章の四ツ木橋からの眺め、〈あの男〉のもとでのとりあえずの休息と、作者は一貫して安吉のこれからの方向性、ムンクや田口の作品のように、労働者の世界を内側からとらえることによって、〈労働者の生活の悲惨さが、その悲惨さでよりは悲惨の輝やかしさで人を打つ〉（七）ような世界にむかっていくことをしめしています。「むらぎも」は、多くの読者に読まれています。私は、その魅力が「型にはまった青年像」

ではなく、迷いながらも、時代の変化の中で、真剣に自己の成長を考える青年が描かれているからだと思います。第十章で、卒業の単位取得のために駆けずり回る安吉の姿も、私には愛すべき愚かさとして、身近に感じます。

以上、この「むらぎも」を安吉の〈感覚〉を中心にして、その感覚の敵である天皇制の問題とどうつながってゆくのか、又、安吉の社会的成長を表現の中でとらえてみたいというのが今日の発表の主旨でした。

ご静聴ありがとうございました。

二、中野重治と室生犀星

中野の『室生犀星』（筑摩書房　昭四三・一〇）には、あるもの足りなさが残る。それは、『斎藤茂吉ノオト』におけるような、対象に対する執拗なくいさがりがないという点においてである。この点に関しては、すでに飯島耕一が次のように指摘している。

善意からであろうが、対象をよく見るところからくるしんらつさに欠け、いささかきれいごとの室生犀星になっているところがある。室生犀星という怪物的詩人への肉迫に不足したところがある。

書評『室生犀星』（「文学」昭四四・四）

では、中野の犀星評がこのような形をとらねばならなかった理由とは何であろうか。中野にとって犀星の存在の意味とは何か。

私には、犀星は〈文学上および人生観上の教師〉であり、自己の内部で格闘しつつ乗り越える存在として中野は考えなかったのではないかと思える。対立、格闘するものとしてよりは、あたかも

〈母乳のごときもの〉として犀星文学に親しみ、犀星の人間的資質に感化されていったのではないだろうか。

それは例えば、犀星が和服の下にシャツや股引きの類をいっさい身につけないことに、外界をじかに感じる〈室生芸術〉との関わりに気付くという具合にである。その中野が、犀星に資質として似ているのか、今度は本多秋五に「寒中素足の人」（「新日本文学」昭五四・一二）と評されているのはおもしろい。

ところで、飯島が犀星を〈怪物〉と書いているが、犀星には不思議な面がある。伊藤信吉の言葉を借りれば次のようなことである。


当時の用語で言うところの〈ブルジョア作家〉で、犀星ほど多くのマルクス主義系詩人、作家を〈門下〉にしていた人は他に見当たらぬだろう。

「解釈と鑑賞」（昭五三・二）

「驢馬」の同人には、中野を初めとして窪川鶴次郎、宮木喜久雄、西沢隆二等の、後に革命運動に進んで行った青年達がいた。これらの人々との親身なつきあい（例えば、刑務所から出てきた宮木の就職の世話をする）にもかかわらず、犀星と彼等との間に政治的なつながりはない。例えば、犀星の次のような一文がある。

君でも窪川でも思想上のことではまるで僕に話をしたことがないのは、さういふ意味を僕に話したつてわかるまいと思うからであらう。

「中野重治君におくる手紙」（『慈眼山随筆』竹村書房　昭一〇・二）

又、中野の「金沢の家」には二人の特徴がよく出ている。昭和九年、中野が豊多摩刑務所から懲役二年、執行猶予五年の判決を受けて出所し、犀星を訪ねた時のことである。「あんな恐ろしいことはもうお止しなさいましよ……」と妻のとみ子が中野にいうと、犀星はいきなり「いらぬことをいうな……」と止める。そのぶっきらぼうな言葉に犀星らしさがあらわれている。よけいな説明など一切しないのである。そして、この両方の言葉を、中野は〈ありがたく〉受け取る。

犀星とは、このように〈理窟をいわぬ人〉（中野）なのである。このことは、犀星が辿ってきた人生がそうさせるのかもしれない。私生児として生まれ、後に高等小学校を中退して給仕として働かねばならないという人生の出発を持った人間が、生活と掛け離れた抽象論を好まぬのも道理であろう。

中野によれば「一九三四年の春の終りか夏のはじめのころ、私は豊多摩からかえつてきてしばらくぶりに室生さんを訪ねた」（「金沢の家」）とあるから五月に出所して間も無い頃に犀星を訪ねている。

転向後の中野にとって、今までの運動の欠点、いかに自分達が一般の民衆と離れたものであるかを痛感した時、犀星という存在が理論としてではなく実際に名もなき人々と肌を寄せているかに気付いたであろう。
中野が四高・東大とエリートコースを歩いていくにつれて離れていった現実、その芥のような生活から犀星は滋養を得てきているのである。犀星は、『かげろふの日記遺文』（講談社　昭三四・一二）の「あとがき」で次のように書いている。

私はすべての淪落の人を人生から贔屓にしてそして私はたくさんの名もない女から、若い頃のすくひを貰つた。

そこにこそ、朔太郎とも芥川とも違う犀星の道があった。自らが生まれ出た、渾沌とした現実の世界である。そして、〈生活派として職人的でさえあつた〉（中野）犀星の人生態度が生まれてくる。
戦時下での姿勢についても、他の作家と違う犀星特有の現れ方をしている。犀星には、戦時下に〈王朝もの〉の仕事があり、詩集『美以久佐』（千歳書房　昭一八・七）や文集『神国』（全国書房　昭一八・一二）等の作品がある。この期の犀星について、中野は次のように書いている。

「何等かの意味に於て〔こういう〕日本を新しく考え、そして国のためになるやうな小説を書きたい」という「願ひ」をすら犀星自身持つたことがあり、そしてそれを試みてみさえしたのだつたが事実としてそれがうまく行かなかつたのである。その結果、自分は自分として行くほかはないというところへ来たのが犀星の結論であつた。

「二つの廃墟から」

中野は、資質として具象的、即物的な犀星であるがゆえに〈抽象の大きな能力が人を具体的個別的なものからつい つい引きはなつ危険〉、〈抽象そのものが誤ることのある危険〉から他の作家より救われることができたと考える。

確かに犀星には、戦時下における文学者の役割から考えて自分の仕事はできなかった。書くものは、あくまでも自分という個から出発したものでなければならなかった。それゆえ、大上段にかぶった戦争賛美や、国民を自分が先頭となって導こうとする仕事はない。

むしろ、従軍している兵士の安否を気遣う家族の側に身を寄せて詩がつくられている。

中野は又、次のようにも書いている。

文学の世界におけるあらゆる種類の突出、転身、逃亡の全図のなかで、室生犀星の愚直なとつおいつは真面目そのものだつた。

「戦争の五年間」

戦時下の犀星のわからなさが、中野の『室生犀星』のものたりなさにもつながっている。この期の犀星を中野のように〈愚直〉ととることには疑問がある。むしろ、犀星はかなり自分の仕事に意識的であったと思うのである。犀星の頭にあったのは、この時期に筆を折ることなく、いかに書き続けていくかにあったのではないだろうか。詩集「美以久佐」、文集「神国」、詩集『日本美論』(昭森社　昭一八・一二)という戦時中出された三冊の本を読み、そのように感じた。
『日本美論』に収められている「ペンと剣」という詩の一節は次のようなものである。

このペンをまもることは
己をまもりつゞけることに外ならない
これをすてて生きられない
これより外に武器は見当らない
最後の最後まで持ちつゞけ
まもり続けるものはペンより外にない

この書き続けることに対するあくなき執念が戦時期の犀星の姿だったのではないか。
詩集『美以久佐』には「勝たせたまへ」という詩が序詩としてかかげられている。

みいくさは勝たせたまへ
つはものにつつがなかれ
みいくさは勝たせたまへ

もろ人はみないのりたまへ
みいくさは勝たせたまへ

食ふべくは芋はふとり
銃後ゆたかなれば
みいくさびとよ安らかなれ
みいくさは勝たせたまへ

確かに犀星には、中野のいうように、この戦いが帝国主義戦争であるという意識はなかったであろう。しかし『美以久佐』全体の中で、このような戦争に関する詩は、前の三分の一ぐらいである。後は、犀星らしい生に対するいつくしみを主題としている。少なくとも、この期の犀星全体を戦争という暗雲が覆ってはいなかったことが分かる。私の手にした『美以久佐』の本の後ろに、持ち主の〈うまき詩〉という落書があった。もちろん、その落書が戦時期に書かれたのか、戦後になって書かれたものかはわからない。だが、戦時中にあっても、この詩集は、まだ読むことができたのではないかと思う。これと同じことが、『日本美論』という詩集にもいえる。その中の〈紙の世界〉に収められている詩などは、現在でも充分読めるのである。

『神国』という文集の場合は、その題名が隠れ蓑になっているかのようである。それらしい文は「神国」一つである。しかも、その中で犀星自身と思われる作家のこととして次のように書いている。

かういふ時にこそ自分のやうな人間は本質にくるひを見せず、益々ふかくあざやかに質と実とを彫り上げるべきであつて、急激に変らうとしてみにくく焦るのは考へものに違ひなかつた。彼は彼らしくちやんとして存在すべきであつてお先走りのやうな真似はやめたがいい、なぜかといへばいまさら彼のやうな作家が麗々しく嘘をならべたら、人びとは彼ばかりではなく文学全体を軽蔑するに決つてゐたから、文学のためにもよく自重して変つた作品を書くならば、彼と世界との深部にふれるやうな変り方をしなければならなかつた。

この文章は犀星らしい一種の自己限定として読める。軽々しくは、まわりの状況に自分を流されまいとする潔い覚悟である。又、自分のまわりの、今まで詩人として活躍したことのない人間が、戦争賛美の詩を書くことで名前を出してくることに対する批判も、「神国」には書かれている。

これらのことから、戦時期の犀星の歩みは中野のいうように〈愚直〉なものとしてとらえるに不充分であり、そこに犀星なりの強い意志があったと思うのである。それは、今までの人生から身についた犀星の用心深い処世術かもしれない。このような人生の対し方は、中野達「驢馬」の同人とのつきあいにもみられる。

中野は犀星のこのような一面を見落していたのではないだろうか。それは、形として犀星の叙勲に際しての中野の代理署名という問題として現われてくる。新潮社刊行『室生犀星全集』にも犀星の戦時期の日記が収録されていないので、戦時下の犀星の真意はわかりにくい。だが、公刊されている戦後の日記には次のような記述がある。

昭和二十三年十一月十二日

……東条以下二十七氏の判決をラヂオで聞く。絞死刑七名、終身刑等。この人達にばかり責任があるわけではない、天皇にもある。天皇はこともなく今宵を過すだらうか、自ら責を負ふための日本古来の形式をとらないであらうか……

同じような表現は、十三日にもある。中野は新版全集の「著者うしろ書」で、この日記を読み〈窮した思い〉であったと書いている。このことは、中野の戦時期の犀星に対する認識に誤りがあったからおきたのだと思う。単に犀星の資質として、戦時期他の作家より〈危険〉から救われたとする認識においてである。

三、志賀・中野のこと

島村利正に『奈良飛鳥園』（新潮社　昭五五・三）という小説がある。仏像写真や古美術雑誌『仏教美術』の発行で知られる飛鳥園の園主、小川晴暘について書いた伝記的な小説である。島村自身も大正十五年の十二月から足かけ四年間、飛鳥園で働いていた。島村が文学上の師とする瀧井孝作との出会いも、小川を通じてであった。この経緯については、島村の『清流譜』（中央公論社　昭五七・七）に詳しい。飛鳥園には、奈良に在住していた志賀直哉、瀧井孝作、武者小路実篤（飛鳥園は新しき村の奈良支部になっていた）等がよく立ち寄っていた。

『奈良飛鳥園』には、小川が、志賀や瀧井と初めて会った時のことが次のように書かれている。

志賀は純文学の気難かしい作家と云われていたが、一週間ほどのちに、気さくに店を訪ねてくれた。そして、こんどは誘われるままに、数日後、幸町の志賀の家を訪ねた。そのとき居合せた若手の作家、瀧井孝作を紹介された。瀧井は京都から志賀を追つて奈良へきて、奈良ホテル近くの北天満町に仮住まいして、適当な借家を探していると云つた。志賀は長編小説「暗夜行路」の後篇にかかっていて、そのとき四十一歳、瀧井は小川と同じ年齢の三十二歳であった。

手近の志賀直哉年譜（『日本近代文学大系』三一　角川書店　昭四六・一）を見ると、大正十四年の四月に京都から奈良市の幸町に移り、昭和四年の四月に上高畑に家を新築する。その後、昭和十三年四月、東京に移るまでの十三年間奈良の地に在住している。現在、高畑にある志賀旧居は大学のセミナーハウスとして利用され、一般にも見学が許されている。

この旧居を管理している村田平氏は、その著『志賀直哉と奈良の旧居』（昭五五・六）で次のように説明している。

直哉が意欲的に、自ら設計図を描いた数寄屋風の住居であり、家族八人が九ヶ年間楽しく暮したのである。なお又直哉を慕う文人、画家等の芸術家が集り、サロンとした意義深い住居でもある。

わざわざ志賀自身が京都の数寄屋大工の棟梁下島松之助に頼んで作らせている。また、志賀門下の瀧井孝作、尾崎一雄にとっても縁の深い家である。尾崎は、昭和四年から五年にかけて一年間この家で間借りをしている。他にも志賀を慕って奈良に移り住むようになった作家に網野菊がいる。志賀のもとには、文学者ばかりでなく、奈良に在住している美術家達（九里四郎、若山為三、中村義夫等）

も集まり、一種のサロンの風を呈していた。また、昭和八年二月に虐殺された小林多喜二も、その前年にこの志賀邸を訪ねている。多喜二の死については、志賀は日記に怒りの言葉を書き、多喜二の母親に心のこもった労わりの手紙を出している。

いかにも〈調和型〉の作家らしく、家の造りでは夫人・子供部屋に特に心配りがなされている。この作家の思想が、具体的に住居に表われているといってよい。葛西善蔵や川崎長太郎のような〈破滅型〉の作家との違いに新たな感慨を覚えさせられた。

志賀は、この家の一室で『暗夜行路』を完結する。大正九年一月『白樺』に「謙作の追憶」を載せてから、昭和十二年に完結するまで、その間、十八・九年を経過している。

私にとって、この『暗夜行路』と共に忘れられないのが、中野重治の「『暗夜行路』雑談」（『志賀直哉研究』河出書房　昭一九・六）である。私自身が、『暗夜行路』に感じていたある種のものたりなさを、中野は鮮かに指摘していた。まず、執拗な論の展開に舌を巻いた。中野がこの論を書いたのは戦時中のことであり、執筆困難な状況で、茂吉・鷗外・直哉研究に打ち込んでいた。対象が怪物的な作家であればあるほど、挑むように向っている。

昭和九年の転向以後の中野にとって、転向五部作（「第一章」「鈴木・郡山・八十島」「一つの小さな記録」「村の家」「小説の書けぬ小説家」）の発表と同様に、これらの作家研究は、作家としての自己の立脚点を模索する過程であったといえるだろう。筆を折るかどうかの岐路に立たされた時、今自分が置かれた場を梃子にして、〈痣〉を浮かべながらも書き続けてゆく。戦後の犀星論（『室生犀星』筑摩書房昭四三・一〇）に比べて、戦時中の評論の方が、あつかう対象の性質の違いはあるにしろ、はるかに気迫のこもったものになっている。（中野と犀星との関係については、『中野重治研究月報』十六号参考）平野謙は、戦時中の中野の仕事について次のように指摘している。

眼にみえぬ外界の圧力が、かえつて中野重治の緊張と集中を結果したのだろうか

「志賀直哉とその時代」『現代日本文学アルバム』六（学習研究社　昭四九・二）

やがてこれらの仕事が、『斎藤茂吉ノオト』（筑摩書房　昭一七・六）や『鷗外その側面』（筑摩書房　昭二七・六）として結実し、中野の代表作ともなる。

転向以後の中野の最大関心は、どこに自分の立脚点を置くかにあった。結果として、労働者を裏切ることになった中野にとって、自己批判を通じて自分の立場を明確にすることからしか出発の道は残されていなかった。例えばそれは、「村の家」に描かれているように孫蔵を代表する民衆との分離という運動の問題として書かれたり、「汽車の罐焚き」の場合のように労働者との連帯の回復というような問題として提出されたりする。中野の転向小説は、自己の転向を弁明するために書かれていない。むしろ、自分が転向するに至った、個人的社会的要因を明らかにしようとする。

中野にとっては、作家主体の問題が常に問われていたのである。そんな中野にとって、『暗夜行路』の主人公謙作や、作者である志賀の姿勢はどのように写ったのであろうか。

例えば中野は、「『暗夜行路』雑談」の中で以下のように述べている。

人が営々として稼ぎ出す貨幣という面はここでは存外に薄い、大体、小説そのものには書かぬでいいことだが、謙作、謙作一家の生計のことは丸で説明されていない。

また、謙作の放蕩についても次のように指摘している。

「放蕩」は中味においてさぐられない。「イタ・セクスアリス」に入り口だけ書いてあるような点が触れられぬだけでなく、それも含めてもいいが、これに対するそれの意味、それの位置、社会的なそれのあり方、それの自己との関係における評価が丸で触れられていない。

もちろん中野は、志賀の職人的な文章の上手さについても書いている。しかし、志賀の謙作のあつかい方には、ひどくあいまいに見えた。主人公、ひいては作者の歴史的、社会的意識の無自覚さにおいてである。それは、〈純粋な鈍感〉という言葉で志賀に対して表現される。

志賀が〈主人持ちの文学〉は駄目だと語った話は有名である。どのような思想であれ、それを文学作品として表現しようとするからには、その思想が作品としてみごとに形象化されていなければなるまい。そうでないものがプロレタリア文学の中にもあり、そのことがプロレタリア文学を貧しく見せてしまう一つの原因でもある。文学の自立性か、政治の優位性かは常に問われ続けてきた問題である。結局優れた文学作品であればいいのだが、文学的なものと政治的なものとが相殺されてしまうところに、作家主体の問題がある。

文壇という温室が、それを容認してきたのである。時には、「私小説」的な瑣末主義に陥っても満足している。私は、「私小説」を否定するつもりはないし、文学が〈私〉を出発とする以外にはないことも当然である。尾崎一雄は、新しい文学論がおこれば必ずといっていいほど私小説が引き合いに出され攻撃されると語っていた。そして、どのように批判されようとも私小説は生き続けてゆくのだともつけ加えた（西武美術館での「志賀直哉展」記念講演）。確かに、尾崎のいうように私小説は読まれ続けている。尾崎の観察力、川崎の愛の姿など、それはそれでいい。しかし読者は別にして、作者自身がそこに安住してよいはずはないと思うのである。文学とは、何をどのように書いてもいいはずであるから〈政治と文学〉の問題とは作家主体の側から問われるのである。そうでなければ、かつて戦時期に作家が犯した誤りを二度としないという保障はない。どのような場合であれ、文学が政治に従属するようであってはならない。そのためにも時代の中で文学は、抵抗力を持っていなければならないのである。私小説が作家にとって逃避の場になることを私は恐れる。

具体的、即物的で、あくまでも個から出発する犀星ですら、戦時期特殊の形で戦争詩を書いた。茂吉は、愛国者茂吉として歌を作った。このような姿を、現在の作家はどのように認識しているのであろうか。その意味では作家による〈文学史研究〉が、もっとなされていいのではないだろうか。

次の志賀の言葉は、自身の文学の理想を語ったものであろう。

夢殿の救世観音を見ていると、その作者というようなものは全く浮んで来ない。それは作者というものからそれが完全に遊離した存在になつているからで、これは又格物な事である。文芸の上で若し私にそんな仕事でも出来ることがあつたら、私は勿論それに自分の名など冠せようとは思わないだろう。

ある意味では、志賀と中野は対照的である。志賀は私を消すことによって、一般に通じようとしている。しかし、結果的に『暗夜行路』は志賀という私をひきずっている。逆に中野は、私の歴史的、社会的位置にこだわり、そこから一般につながろうとしている。はたして文学者の使命とは、どのようなものであるのだろうか。

四、『驢馬』の終焉

――佐多稲子『夏の栞』から――

生前の中野を直接に知らない私にとって、「中野重治没後一周年記念の集会」[1]は忘れることはできない。そこで上映された「偲ぶ・中野重治」での中野の姿、自詩の朗読、葬儀の様子等、中野という文学者の生き方、その締め括りとして強く印象にのこるものであった。

その中で、中野夫人である原泉に終始寄り添うようにしている佐多稲子の姿があった。

❖

本書には、中野の死を通して、中野と佐多自身との関わりが自らの青春の回想として書かれている。

佐多と中野との出会いは、『驢馬』の時代に始まる。〈『驢馬』を語ることは私の人生の夜明けを語ること〉[2]とは佐多の言葉であるが、佐多の文学的出発において、又その後の歩みにおいても、『驢馬』の人々は掛け替えのない存在であった。

『驢馬』の創刊は、一九二六年四月であり佐多年譜の同じ年を見ると次のように記されている。[3]

一月、父、造船所の勤めをやめ、一家をあげて上京。三月、本郷動坂のカフェー「紅緑」の女給となる。四月、『驢馬』が創刊され、その同人の中野重治、堀辰雄、窪川鶴次郎、宮木喜久雄、西沢隆二たちが、しばしば「紅緑」に集まったので稲子は彼等と親しくつき合うようになり、同人の窪川鶴次郎と恋愛関係に入る。六月、浅草のカフェー「聚楽」にうつる。七月、窪川鶴次郎と事実上結婚。こののち小堀家から葉子とともに籍が抜ける。窪川鶴次郎と田端に新世帯を持つ。

こうして『驢馬』同人達と知り合い、この雑誌に詩を載せるようになる。しかし、その出発点において、佐多の文学的資質がより鮮明に現われるのは「キャラメル工場から」(『プロレタリア芸術』一九二八・二)という作品であろう。随筆として書いたものを、中野が小説に書き直すよう勧めて掲載したものである。その経緯については、本書の第五章に詳しく書かれているが、中野がそのことを直接佐多に言うのではなく、窪川を介して行われたことに〈中野らしい美意識〉を佐多は感じている。

その後、中野は「『キャラメル工場から』について」という小文を書いている。中野はこの作品に〈下層の日本人の、低い、弱い生活の断片〉が〈卑下なし誇張なしに定着〉されたと評価する。

今回、佐多の処女作と中野の評を併読し、佐多の文学的出発点において、窪川を除けば、中野が最も良き理解者であったことに気付く。

佐多は、『驢馬』の同人達から様々なものを吸収していった。

例えば、同人の一人である堀辰雄についても〈私の書きはじめた時期に、堀辰雄から受けた云いようのない深い親切〉（第七章）とは、具体的に次のようなことを指しているのであろう。

私の勉強のひとつにフランス語を学ぶことをすすめたのは窪川鶴次郎だつたが、当時の私たちの生活の不如意を知つていた堀辰雄は、アテネ・フランセの月謝と交通費などすべての援助を受け持つてくれたのである。(4)

これは、『驢馬』の時代以後のことである。

又、西沢隆二にしても、佐多の戦後の共産党への再入党が初め受理されなかったことに、西沢が異議を提出したことが十章に書かれている。もちろん、その対応が、単に『驢馬』の感情でだけであるはずはないが、引用されている西沢の手紙の〈並々ならぬ遠い深い過去の共通の思い出を持つ者が少しでもちぐはぐな気持で暮らさねばならぬと云うことは僕にとって実に深い哀しみであったと云へます〉という一文には、佐多でなくとも心が動かされる。

❖

堀を除けば、『驢馬』の同人達は政治的な方向に進んでいった。『驢馬』の最終号には堀と他の同人の違いが如実に現われてくるようになった。終刊やむなしの感が、私にはするのである。

この号に収録されている堀の「病」という詩は、妙に痛々しく感じられるものであった。

しかし、先に例に挙げたように、『驢馬』終刊後も、同人達の友情には変るものがなかった。それがたとえ、中野と西沢のように、共産党との関係で複雑な様相を呈するとしてもである。『驢馬』同人としての心の円環はつながっているのである。同人達の心の中では、その円環の中心には、創刊時のように、犀星の存在があったであろう。

しかし、その犀星が亡くなり、堀、西沢、窪川、今また中野がと、円環を構成する人々が次々と去っていた。佐多にとっては、自らの存在の支えを奪われるに等しい哀しみであろう。

中野重治が、もういない。私はそのつぶやきを口にのせ、自分が宙に浮くのを感じた。宙に浮く私の、つかまりどころがもうなかった。今までは、中野重治がいた。中野重治がいる、と自分でそうおもえばよかったが、その中野が今はいない。突然、実感するその思いに私は、暗がりの部屋に感情を放って声に出して泣いた。（第四章）

特に、中野の死は、『驢馬』の終焉を佐多の心に刻印するものだったに違いない。

（1）お茶の水、全電通ホール　昭五五・九・二〇

（2）「『驢馬』の頃」（『年々の手応え』講談社　昭五六・六）

（3）『新潮日本文学23　佐多稲子集』収録年譜

（4）「堀辰雄との縁」（『ふと聞えた言葉』講談社　昭四九・一〇）

五、佐多稲子『年譜の行間』に寄せて

本書は、『別冊婦人公論』（中央公論社　昭五六・四～五八・四）に掲載されたものである。その間に、まだ記憶に新しい『夏の栞』（新潮社　昭五八・三）が刊行されている。『夏の栞』が、中野重治にまつわる筆者の青春の回想であるならば、本書は、幼年時代にまで遡る〈自伝〉ともいえるだろう。読者には、『夏の栞』を横糸に、本書を縦糸に読むことができる。

❖

読み始めて気が付くのは、聞き手に答えるような談話体で書かれていることである。中野重治書簡集『愛しき者へ』（上、中央公論社　昭五八・五）における、原泉と編集者である沢地久枝のように、本書も又、聞き手に恵まれている。それは、聞き手が同性であるがゆえに、話し手の本音が随所にみられる点である。一先輩として、来し方を語るという具合に進行している。発表する場所が女性雑誌であることを考えるならば、なおさら今まで言えなかったことも心を許し語りかけることができよう。

このことは、夫であった窪川に対する現在の心境を語る中にもあらわれてくる。そこでは、妻として許せなかったことが、正直に語られている。

昭和十二年四月二十四日、筆者が〈戸塚署に捕まって起訴されていた事件の公判〉のため、裁判所に出頭を命ぜられた際のことである。その前夜、筆者は窪川に早く帰ってくるように頼むが、結局当日の朝になっても窪川は帰ってこなかった。この時期、窪川は田村俊子と恋愛中であった。窪川は遅れて公判にやってくるが、〈あのときの気持ちだけは、窪川さんを今も許せない、と思うほどです〉と筆者は述懐している。

筆者が望んでいたのは、窪川が〈夫であると同時に、共に闘った同志、協力者〉である以上、一緒について来てくれるのが当然の行為ではないかということなのである。それに対して画家の柳瀬正夢がかけつけて来てくれたことを今でも筆者は、深く感謝している。

又、本書で初めてはっきりと語ったことに、自分一人の問題としてとどめておいた〈戦地慰問〉のことがある。筆者は、これのために戦後の新日本文学会創立の発起人から外された。その時のことは、『夏の栞』でも書かれている。戦後、この点に関して、筆者は一人の作家としての責任において窪川の名前を出してこなかった。

しかし、今、窪川との夫婦生活を振り返る中で〈……窪川さんは止めなかった。それを黙って行かせた夫というものがいる〉という事実がでてくる。

つまり、ここでも、筆者が公判に際して抱いたと同じ感情、〈人生というものを如実に考えれば、夫婦がいて、しかも同じ思想で結ばれているならば、夫がそれに関わらないということはあり得ない〉という悔しい思いが残るのである。それらのことは、単に筆者個人の問題としてだけあったのではなく、自分達夫婦にとっても同じ問題であったということなのである。

二人の亀裂は、窪川の女性問題、筆者の妻であり作家であるその両立の問題、それらが相互にからみ合って深くなっていった。

とくに筆者の次の言葉は、自らの悔恨として重く語られている。

人間の結びつきというのは、怖いものですね。狎れ合いに終わらない。その悪はお互いの悪の中で拡がっていく。狎れ合うことで、お互い行きつくところもいい加減になり、自分も堕ち、泥にまみれていく。

又、夫婦ともに文筆に携わることが亀裂を深めた一つの原因（――私達は永い間無理に無理を重ねてきたのです、ものを書く人間が二人同じ家に住んで互に相手の心理をさぐりあふことだけでも相当神経を疲れさせる上に性格や趣味の相違があり、それに経済上や仕事上の困難が加はつてくる――鶴次郎）であるならば、その逆に文筆に携わっていたからこそめぐってくる喜びもある。

窪川が捕り、筆者がお産で入院中で、生活が最も困難な時によくしてくれたお手伝いさんと、何もできないままに別れてしまった。そのことを随筆に書いたことがもとで、再びその人と会うことができたという〈縁〉である。

❖

本書は又、一人のプロレタリア作家として、母としてどのように闘いの中で子供達と生きてきたのかが語られている。

例えば、筆者自身が戸塚署（本書によれば警察にも家風があり、中野署のよりも戸塚署の方が文化的だったそうだが）に留置された時のことである。

お手伝いさんにつれられてきた息子の健造が〈ボク、母ちゃんのとこ泊っていく。ここへ泊るぅ〉と駄々をこねたことが書かれている。建造は、しぶしぶ外に出た健造が、いつも母親が顔を出す窓ばかり見て、隣の窓にいる母親を見つけられずに帰っていった、かつての光景が回想されている。

私が本書で最も心打たれたところである。

最後に、この作家の基底に流れているのは、まだ十七歳の頃、池の端の清凌亭をやめる時の〈立身出世をしたいから勉強しようと思って、本を読むんじゃない。ただ、水を飲みたい、水を飲むように本を読みたい。〉という渇望ではないかと思う。

それは、〈あたしはやっぱしね、自分が学校へ行かなかったということは、大変な、自分のマイナスの部分というか、満たされない想いという形であたしの中にはあると思います〉と語られている。

そのことが逆に、この作家にとって生きるバネになってきたのではないかと思うのである。

六、大正十二年の出会い

――堀・中野・犀星――

この夏、堀辰雄ゆかりの追分・油屋に泊まった。そして、近くの泉洞寺で堀が散歩の途中に親しんだという樹下思惟仏を訪ねた。「樹下」という作品にも書かれているように、素朴で親しみのもてる像である。

歩きながら、堀が初めて犀星と会ったのは何時のことだろうとか、何故追分に来るようになったのだろうかと、そんなことを考えていた。確か、夫人の多恵子さんの随筆「葉鶏頭」（麥書房　昭五三・一一新編）にそのことが書かれていたはずだと気がつき、旅行から帰って再読した。

そして、又、新たに印象深く感じたことが二、三あった。

それは、母親の志気さんの死（関東大震災で水死）に、当時一高生であった堀が、次のような句を書いていたことに起因している。

震《なゐ》　わが母もみわけぬうらみかな

この母は、堀を大変かわいがり、例えば〈出世前の子の枕もとは決して歩いてはいけない〉と言って自分は勿論のこと〈家のものにも枕もとなど通させなかった〉り、堀の〈書いた詩を一篇一円で買って〉くれたという。

又、堀を犀星のところに連れて行ったのも、この母である。

大正十二年五月、犀星三十四歳、堀十九歳の時である。

その時のことが、犀星の『わが愛する詩人の伝記』（中央公論社　昭三三・一二）の中で、次のように書かれている。

或日お母さんに伴われて来た堀辰雄は、さつま絣に袴をはき一高の制帽をかむつていた。よい育ちの息子の顔付に無口の品格を持つたこの青年は、帰るまで何の質問もしなかつた。お母さんはふつくりした余裕のある顔付で、余り話ができない人のようだつた。これが私の堀のお母さんに会つた初めであり、そして終りであつた。大正十二年の震災でこのお母さんは、隅田川に火に趁《お》われて水死された。

数カ月後に亡くなる母が、堀を犀星に導いていったとも言えるような巡り合わせである。

一方、震災のために金沢に帰った犀星のもとには、高柳真三に連れられて中野重治が訪ねて来る。

奇しくも、堀・中野とも、生涯の師となる犀星と大正十二年に出会っているわけである。

金沢にいる犀星から、母を亡くし傷心の堀に次のような絵はがきが届けられる。

　来たいと思つたら何時でも来たまへ。汽車賃だけ持つて来たまへ。落葉の下から水仙が伸びてゐる古い町だ。

犀星らしいぬくい心を感じさせてくれる文面である。私は、こんな所に人間犀星の偉さを感じる。そして、中野の『室生犀星』に書かれた犀星像に通じるものを感じるのである。

私は又、この多恵子夫人の本を読み、心に刻みつけられるような、犀星の次の言葉を教えて頂いた。

「先生、こん度生れたら」といふやうな事お考へになつたことありますかと伺ふと、先生は真面目に、「なんて愚《ぐ》な事を言ふおひとだ。愚者だ。愚者だよ」と頭からぴしやりやられてしまつた。「生まれて来てから、ずつと全力を尽して生きて来た。それを始めからやり直すなんて事、冗談にも考へられない」と不愉快気に仰言つた。

「室生先生のこと」

全力で生きてきたがゆえに、この生を真に慈しむことができる。犀星の言葉はそんな風に語りかけているようだ。

七、国分さん

一

とにかく、「先生は、バカみたいに、からだのことを、いのちのことを心配しているなあ」と思われるくらいな存在になっていいのです。いのちあっての物種！　これはなんという、生き生きした、そして、いつまでも新しいコトバでしょう。いままでの教育では、どうもこのことを忘れがちであったようです。

『新版君ひとの子の師であれば』（新評論　昭六〇・五）

亡くなられた国分一太郎さんの右のような一文を読んでいてハッとした。私自身、現在教師をしていて、いつのまにか、生徒のからだのことよりも〈皆出席のために休まずに出てこい〉式の指導や、生徒の体調のことも考えずに勝手に怒ったりしていることがよくあるからである。

そんな私に、国分さんの言葉は、生徒のからだを大事にしていのちを輝かせるような教育こそすべきであると語りかけていた。

私が初めて国分さんの名前を知ったのは、学生時代、岩波新書『教師』（昭三一・五）を読んだ時である。そして、その中でも、国分さんは教師に要求することとして〈子どものからだといのちを何より大事にするような、こまやかな愛情を示してほしい〉と書いていた。

私は、教師としての出発点すら、日々の中で忘れてしまっていたわけである。

先日の〈国分一太郎追悼講演会〉（法政大五一一番教室　七・一三）でも、福地幸造氏の講演は、現在の教師のあり方に対する手厳しい批判であった。この時の講演内容が、『新日本文学』（昭六〇・一〇）に掲載されているので、そこから引用したい。

なにも知らないで、子どもの、いわば、訴え、悩みがわかつてるんだという、そういう傲慢さ。それを最後まで意識しないで商売がやれるのが、わたしは教師だろうと思います。ほんとに教師は、自分のやつてることの冷たさが感覚的にわからないで商売が成り立つ。

生徒の悩みや訴えを敏感に感じとれるような感覚を教師が持っているかどうかである。そのためには、教師自身が自然や社会に対して感覚的に開かれていなくてはならない。概念としてではなく、具体的な「もの」として、それらはつかまれねばならない。その時にこそ、教師は生徒に対しても感覚的に開かれた存在として向き合うことができるのだと思う。

国分さんは、やはり前記の『教師』の中で〈感覚〉に触れて次のように書いていた。

教師は、指導者は、確実ないい知識をたくさん持っている人であると同時に、生活を愛する人でなければなりません。周囲の事物について、よく観察し、よく考え、よく感ずる人であることを要します。

国分さんの感覚の豊さ、人間としてのあたたかさを強く感じたのは、『ズーズー先生随聞帖』（晶文社　昭五〇・五）を読んでいた時である。中でも「シラサギの歌」という一文は、地方の教師の実践をわが事のように喜び、共に歩いてこられた国分さんの、その人柄がよくあらわれたすばらしい文章である。

国分さんの残された数々の言葉は、現状の教育が乾き荒れていけばいくほど、瑞々しい潤いのあるものとして私達の前にある。

二

先日、山田太一作・木村光一演出の「教員室」という芝居を観た。そこで、つくづくと感じさせられたのは、教師に生徒が見えていないということである。教師と生徒が通じあえる回路が切れてしまっているのである。

力で向ってくる生徒に力で応えようとする教師に、一層問題の深刻さを感じた。ドロ沼に生徒も教師も陥っているように思われる。

何故、学校が荒れていくのだろうか。親は教師に、教師は親にと責任転嫁するばかりである。生徒、教師、家庭、……ともろもろの人間関係が、お互いにイライラして今にも爆発しかねない状態である。学校はなんとか生徒を管理して体裁をつくっている。

そんなことを考えていた時、国分さんの『しなやかさというたからもの』（晶文社　昭四八・九）を読んで、ちょっとまいってしまった。それは、今の生徒達がまだ子ども時分に身につけてこなかった大切なことが書かれていたからである。つまり、親の仕事を手伝うことも含めて、自然の中で体を通じて子ども達は感覚を豊かにしていったことである。

現実はむしろ、そんな〈しなやかさ〉を子どもから奪っているのではないだろうか。自然の中での労働や遊びから切り離されていくことによって、子ども達は増々肉体的にも精神的にも〈奇形〉になってゆくばかりである。

国分さんは、前記の本の後書きで次のように書いている。

> 自然がどのようなものとして、子どもの前にあらわれるにしても、まず、からだで感覚でそれをうけとめる経験を、かれらにはもたさねばならぬ。人類の歴史とことばで、それを教える前に、五感や行動でそれをつかむ時代を経さねばならぬ。そうでなくては第二の自然としての人間の幼い世代は健康に育たない。そういう時代を経させるために、子どもたちには「ひまな時

代」が存在するのである。いや存在しなければならぬ。

今の教育は、国分さんの書いていることとは逆の方向に進んでいるように思える。親も教師も、そして社会全体の風潮として、子ども達から「ひまな時代」を奪っているのではないだろうか。「ひまな時代」「ヤバン時代」を持たないがゆえに、逆に成長するにつれて無気力、ハケ口として教師や親に暴力的に向ってゆくことになっているのではないか。その意味では、無気力生徒もいわゆる暴力生徒も根っこでは同じ問題から生じてきているように思われる。

このようなことを書くと、すぐに「『ひまな時代』を子供に与えれば遊んでばかりいて勉強しなくなってしまうからダメだ」という声がかかってきそうである。しかし、そう考えられる人には是非、宇佐美承さんの『椎の木学校「児童の村」物語』(新潮社　昭五八・一〇)を読んでいただきたい。この「児童の村」は、大正自由主義教育の精神にもとづき、大正十三年から昭和十一年まで続いた私立の小学校である。

その中に、ある先生が、遊んでいる子どもにいつ勉強するのかと不安がる先生に次のように語っているところがある。

芳兵衛よ、あそびというのは子どもの全生命なんよ。戦争ごつこをしておる子をよくみてほしいね。一分のすきもないよ。着物をよごしてしかられるとか、おそくなるとか、そんなことみんなわすれて真剣勝負なんよ。戦争ごつこだけやない。春のつみ草、夏の海水浴、秋の落葉、正月、入営……四季のできごとは、四季それぞれの色をもつて、リズムをもつてあそびの材料になるんよ。そこに自然と一体になつた子どもの生活があるんよ。

教科書も必要じゃろ。しかし、あの命の息吹きのない本を、一ページから順につめこんでいくと子は死ぬるよ。人間は、年とつたからあそびをやめるんやないよ。あそびをやめるから年をとるんよ。子どもが力いつぱい生活する。先生もいつしよじゃ。そのなかで子どもは勉強するんよ。

実際遊んでばかりいた子ども達が、それぞれ自分で対象をみつけ勉強しだす。それを先生方は、じっとがまんしながら待っているのである。自然の中に子どもを解き放ち自然から学ぶ状況をつくり、覚える力よりも考える力をつけさせているのである。

この「椎の木学校」を読みながら、国分さんの書かれている心と共鳴しあうものを私は感じた。国分さんは、今だからこそ自然から学ぶことの重要性を、又、今後どうしていけばいいのかを、『自然このすばらしき教育者』（創林社　昭五五・一〇）で詳しく書いている。例えば次のようなことである。

○おさない子どものころから、ごく原初的な遊びと労働の体験をさせねばならぬ。年長者や老人といつしよの素朴な労働をさせた方がよい。

○私は、前から二つのことを教育界に提案している。ひとつは「旧式農業」の実習をどの小中学校でもやらせようということである。もうひとつは「季節感」を失わせない農業実習ないし飼育栽培を、小中学校の教育にとりいれようということである。
○年寄りのホームとか、集会所とかクラブとかを、町や村の幼稚園、保育所、児童館、子どもの家といつたもののすぐそばにつくつたらどうだろう。そして、そこにあつまつてくるおじいさん、おばあさんたちが、近くにいる幼児や少年少女たちに対して、さまざまな知恵やうでまえや、生活の歴史のなかで得てきた人間の思いというものを、しずかに伝えることができるようにしたらどうだろう。

私は今、教育が子供達にとって不幸な方向に進んでいると思う。だからこそ、教師も親も、その流れから少くとも踏みとどまる努力を真剣にしなければならないと思う。

八、一枚の絵

――松本竣介「都会」――

職場の研修旅行の終わりに、倉敷に立ち寄った。それまで山陰地方を歩いて来たためか、倉敷の街並みが妙に明るく、陽気に感じられた。

駅前の大通りを少し入った所に、静かな川が流れ、柳の枝と古びた土蔵を水面に映す一角があった。

その街並みに溶けこむようにして、「大原美術館」がある。

藤田慎一郎氏の「大原美術館――その生いたちと五〇年」（『ゴーギャンと大原美術館』朝日新聞社、昭五七・一〇）を読むと、この美術館が〈明治年間に設立された東京、京都、奈良の三国立博物館、大正年間の大倉集古館、藤井斎成会有鄰館などについで古い〉ものであり、〈これらの各館がいずれも東洋美術を専門とする美術館であるのに対し〉〈日本で最初の西洋美術を展示する美術館であった〉ことがわかる。

又、美術館の創設者である倉敷出身の実業家、大原孫三郎の援助を受けて洋画家の児島虎次郎が集めたものが大原コレクションの基礎になっており、戦後は、嫡子の大原総一郎が意志をついで充実させ、現在の形になったものらしい。

美術館は、本館、東洋館、工芸館、分館、離れて、倉敷アイビースクエア内に児島虎次郎記念館がある。

その分館に、松本竣介の「都会」が飾られていた。

❖

私が初めて松本竣介の名前を知ったのは、舟越保武の画文集『巨岩と花びら』（筑摩書房、昭五七・六）を読んだ時である。

読書には、本が本を呼ぶように連鎖式につながってゆく場合がある。又、本を読んで、いつまでも気にかかっていた事や物と、まったく予想もしていなかった場所で巡り合うことがある。

私の場合、舟越の本を読んでいて、松本竣介という画家が気にかかっていたのである。

舟越と松本は、盛岡中学の同級生であった。ただ、松本は途中で中学を退学して上京する。そして、太平洋画会研究所に入所して絵の道に進む。

一方、舟越は、美校の彫刻科に入学して、彫刻をやる。舟越の入った頃の彫刻科の様子は同期の佐藤忠良との対談集『彫刻家の眼』（講談社　昭五八・六）に興味深く語られている。ここでも共通の友人として、竣介のことが話題となり、佐藤は竣介のことを〈精神が歩いているような人だった〉と回想している。

舟越といえば、作品に「長崎二十六殉教者記念像」「たつこ像」「萩原朔太郎」「原の城」「病醜のダミアン」等がある。

舟越自身クリスチャンであり、氏にとって〈彫る〉ことと〈祈る〉ことが同じ行為であるような彫刻家である。

本との出会いは不思議なものだが、帰宅途中何げなく本屋を覗いた時、新刊書を並べてある棚の一冊に目が釘付けにされた。表紙のデッサンに強く心が引かれたのである。〈フナコシ・ヤスタケ〉という未知の作者のものであった。

しばらく手に取って眺めていたのだが、その聖女のデッサンは、どこか私を哀しくさせるものがあった。

現代がそうであるように、芸術の世界も、いかに強烈に自己主張するかに齷齪《あくせく》する中で、長くその作品が生きている無名の〈石工〉の心に学ぼうとする、そんな敬虔な心で、文章は綴られていた。

その中で、友人である松本竣介について書いた幾つかの小文があった。それを読みながら、筆者が竣介を好きなように、私もまた、作品すらまだ見たことのないこの画家に惹かれていったのである。

❖

竣介は、昭和二十三年に結核のために三十六歳で亡くなるが、絶筆の「建物」（東京国立近代美術館蔵）を前にしての感慨が『巨岩と花びら』に次のように書かれている。

私は竣介の臨終に会えなかつたし、葬式にも出られなかつた。竣介の死の報らせを私は疎開先の盛岡で受けた。私は「白鳥」という題の大理石を仕上げかけていた。そのために葬式に行けなかつたのではない。私は貧乏のどん底にあつて、上京の旅費を工面することが出来なかつた。五人の家族をかかえて食うや食わずのあの頃の私には急に旅費を作ることが出来なかつた。

絵の下につけられた黒いリボンにそつと触れて、「来られなかつた、スマナカツタ」と口の中で呟いた。だがそんな俗な感傷などそぐわない程に、「建物」の中にいる竣介は、はるかに高く、明るく白い光の中にいた。

竣介は低俗な感傷には、反応を見せない人である。それには答えられないで、彼の声はこういうようだ。「イイシゴトヲシロ　オレハヤルダケヤツタ」と白い前歯を見せて明るく笑う。無限の意味を、私はその声からくみとる思いがする。

舟越の言葉に引かれて、偶然、竣介の絵の一枚に〝出会う〟ことができた。古賀春江の「深海の情景」の横に、「都会」は飾られていた。

私は竣介の絵に、懐かしさに似た親しみの感情を抱く。現代のように不気味に膨張した都市ではなく、人と建物とが対等にうごめいているような街がそこにあるからである。私がこの絵に惹かれる魅力の第一である。

竣介の都会を見る目は、都会生活の中で、濁ってしまうことはなかった。次のような竣介の言葉がある。


私は自然をさがそうとは思わない。いつでも持ってゐる。私は田園を愛するように都会を愛してゐる。

麦の香りをさせる健康な田園の少女も、化粧品でかため上げた都会の女も、同じ女だ。瞳を化粧する事は出来ない。

「でっさん」（『生命の芸術』第二巻第六号）

竣介の瞳は濁ることなく、対象に向っている。

❖

昭和十六年一月『みづゑ』（第四三七号）誌上に、軍人が参加して『国防国家と美術』という座談会が掲載された。そのことに反論して、竣介は同誌四月号に「生きてゐる画家」という一文を書く。〈国策のために筆を執って呉れ〉という要求に対し、竣介は、〈諸事物を理知的に演繹して、推理し、その上で現実に一つの判断を下すことは学者としての仕事であって〉〈芸術家としての表現行為は、その作者の腹の底まで染みこんだ、肉体化されたもののみに限り、それ以外は表現不可能という厳然とした事実を度外視することは出来ない〉と述べる。

この期に、〈手の裏を返したやうに変る〉ことなどできるはずはなく、〈国策〉というならば、〈今の私達は、国家百年、千年の営みの中に生きているのである〉と強調し、〈先の対談を読み、何ら得るところがなかった〉と厳しく批判する。

竣介は、昭和十一年から十二年にかけて、デッサンとエッセイの雑誌『雑記帳』を夫人の協力のもとで出版している。画家や作家に表現の場を提供し、自らも純粋に思索的な文章を書いてゆく。

このような、広く他の芸術家達との交流の場を持ったがゆえに、時代の悪気流に少しでもまきこまれずに、自らを守ることができたのではないかと思う。

竣介の書いたものをまとめた『人間風景』（中央公論美術出版　昭五七・四）を読むと、この人が先に引用した佐藤の評のように、実に思索的で情熱的（戦後、日本美術家組合を結成しようとした）な人であることがわかる。

話をもとにもどし、私が竣介の絵に惹かれるもう一つの点は、〈線〉の持つ魅力である。〈線〉についての関心は、竣介には随分前からあったようだ。

昭和六年、竣介十九歳の時であるが、太平洋近代洋画研究会を結成し、その同人たちと機関誌『線』を刊行する。

その頃に触れて書いた文章で竣介の〈線〉への考え方がよくわかる。

雑誌の名「線」といふのは僕の案だつた。線の上に直とか抛物といふ文字を入れてはといふ説に、僕は只の線は一切のものを現はすものだといつて「線」にして貫つたのだつた。あれから十年たつ此頃の僕の絵には針金のやうな黒い線がのさばりかへつてゐる。考へてみると線は僕の気質なのだ。

「思い出の石田君」

以上、舟越の本の一文から、偶然旅の終わりに松本竣介の一枚の絵に〈出会う〉ことができたこと、帰宅してから竣介の書いたものを読みながら感じたことを思うままに書いてみた。

粗末なデッサンだが、私の松本竣介への旅は、今始まったといえる。

九、小豆島・松山・尾道の旅

小豆島

八月二六日、朝七時四分発の東京駅発ひかり三号で瀬戸内、四国の旅に出発する。岡山駅で降り、新岡山港からフェリー（一時間十分）で、小豆島土庄《とのしょう》港に着く。

観光バス乗り場には、『二十四の瞳』の記念像「平和の群像」がある。小豆島といえば、壷井栄の『二十四の瞳』が、先ず思い出される。栄は、一八九九（明治三二）年、坂手村（現内海町）に樽職人の娘として生まれている。内海高等小学校を卒業して、郵便局、村役場に勤めたりする。一九二五（大正十四）年に上京し、同郷の壷井繁治と結婚する。そして、夫の繁治や、黒島伝治、佐多稲子等の影響を受けて、小説を書くようになる。

『二十四の瞳』は、一九五二（昭和二七）年に書かれ、二年後に木下恵介監督、高峰秀子主演で映画化されている。大石先生が高峰秀子、男先生が笠智衆であった。〝二十四の瞳〟の生徒らは、現地で募集した素人だというから驚きである。昭和三年から敗戦の翌年までの激動する時代を、美しい小豆島の自然の中で描いた名作である。舞台となった田ノ浦分校は、一九七〇（昭和四五）年に廃校になるが、「さよなら式」には、高峰も出席したとのことである。一九八六（昭和六一）年には、田中裕子主演で再映画化されるが、その時のオープンセットが、現在「二十四の瞳映画村」となっている。

『二十四の瞳』の魅力は、声高々に反戦を訴えるのではなく、作者が子を持つ母の一人として、平和を願う心を描いているところにあろう。「母ごころが読者を打ってくる」とは、児童文学者坪井譲治の言葉である。まさしく、それがこの小説の〈生命〉であろう。

この小説を読むと、私は、『陸軍』（木下恵介監督、一九四四年松竹大船）という映画を思い出す。戦時中陸軍が費用を出して作らせた、戦意高揚を目的とした映画であった。ところが、この陸軍の意図とは逆に、木下監督は、「母ごころ」を中心とした見事な反戦映画を作ってしまった。そこに、映画人の抵抗の〈姿〉がある。田中絹代が、その母親役を好演していた。

一部で上映が禁止になったという話も聞くし、戦中にこの映画を観た方がいれば、その時の印象を是非教えて頂きたい。因みに前年の一九四三（昭和一八）年には、海軍報道部の企画による太平洋戦争二周年記念映画『海軍』が、田坂具隆監督脚本で作られている。

栄の夫繁治は、アナーキズム詩人で、一八九八（明治三一）年、栄と同じ町に生まれている。一九二三（大正一二）年、萩原恭次郎、岡本潤、川崎長太郎らとで、『赤と黒』を創刊している。繁治は、その表紙に、「詩とは爆弾である！　詩人とは牢獄の固き壁と扉に爆弾を投ずる黒き犯人である！」

と宣言を書いている。
繁治に、故里小豆島を詠んだ「海」という詩がある。

ふるさとは遠く南にあり
いまはただ思ひ出の国
まんまんと潮を堪へたる青き海原《うなばら》
われを育みし大いなる乳房よ
夢現《うつつ》にきく浪の音
そは母の懐に抱かれてききし
昔の子守唄か
われ巷の塵に染みて
なほも何物にか憧るる
いくたびか寄せてはかへせど
岸辺白く光りて彼方にあり
思ひを潜めて
ひとりおもふ故里よ
わが胸を波立ちて

おのづから海となる

『壷井繁治詩集』

又、苗羽村《のうま》（現内海町）からは、繁治と同年に黒島伝治が生まれている。繁治と黒島は、上京後、たまたま一九一六（大正六）年、早稲田文学社主催の文学講座で会い、それ以後親交を深めていった。黒島には、「二銭銅貨」「豚群」「橇」「渦巻ける烏の群」などの優れた短編小説がある（岩波文庫『渦巻ける烏の群』）。黒島の作品には、生活実感があり、低い視座から物事を視る「眼」がある。そして、社会や軍隊（組織）の矛盾を鋭く批判する。

小豆島からは、壷井栄、繁治、黒島伝治と、三人のプロレタリア文学作家が生まれている。三人共通して社会の矛盾を追求する「眼」を持ったのは、第一に小豆島の生活の貧しさがあげられよう。耕地面積は少なく、「寒霞渓」が代表するように、山々は峻厳である。

しかし、繁治の詩にあるように、小豆島を囲む海は、島の人々にとって「大いなる乳房」であることに変わりはない。

そんな「海」に、慰めを求めたのであろうか、自由律の俳人尾崎放哉が、この地に晩年住んでいる。一九二五（大正一四）年八月、一高東大時代の学友、荻原井泉水の紹介でやってくる。井泉水宛ての手紙で、放哉は次のように書いている。

寂シイ処デモヨイカラ、番人ガシタイ。小サイ庵デヨイ。ソレカラ、スグ、ソバニ海ガアルト、
尤モヨイ。

一九二六（大正一五）年、四月七日、四二歳で亡くなるまでの、およそ七カ月半をこの地で過ごしている。

放哉は、海が好きだったらしい。

私は性来、殊の外海が好きでありまして、海を見て居るか、波音を聞いて居ると、大抵な脳の中のイザコザは消えて無くなつてしまふのです。
『入庵雑記』

放哉が住んでいた南郷庵跡には、次の句碑がある。

いれものがない
両手でうける　　放哉

その先の共同墓地の坂をのぼると、「大空放哉居士」と刻まれた放哉のお墓がある。

ところで、放哉の放浪の原因として、東大時代の、従妹の芳衛との恋愛事件をあげる人がいる。

秀雄（放哉）は、芳衛が好きになり、その許可承認を芳衛の兄に二人で求める。ところが、強く反対される。

吉屋信子は、その時の秀雄と芳衛を『底のぬけた柄杓』で、次のように描いている。

二人の希望の承認を芳衛の兄に求めた。その兄は医学士だった。従兄妹同士の血族結婚の不可を説いて絶対に反対を唱えた。だが彼は不退転の意志で一歩もしりぞかず、ひそかに芳衛を江ノ島に誘った。海辺の宿に休憩して昼食をとったあと、彼は芳衛をここへ誘った目的を告げた。——一高時代選手だった彼はボートを沖へ漕ぎ出して二人相擁して波に投じるためだと——芳衛は青ざめて言葉もなかった。彼の求愛も求婚も容れた彼女は、情死は拒まねばならなかった。人力車が一台呼ばれて彼女は宿の店先で彼に別れた。泣き濡れた顔を恥じて自分で幌ほろをおろした。

わかれを云ひて幌おろす白いゆびさき

後年彼が自由律の句作にふけった時、この一句はこの江ノ島での悲痛な記憶だった。二人の恋はプラトニックで終わった。

彼はそれ以来、恋に代えて酒に生きる酒豪の大学生となった。芳衛はながく独身をつづけて中年で結婚した。

『底のぬけた柄杓』（朝日新聞社　昭五四）

秀雄は、初め芳衛の名をとって〈芳哉〉と号した。そして、恋に破れて、すべてを放つ意味で放哉に変えたといわれる。

何か求むる心海へ放つ

松山

小豆島の土庄港から高松港まで高速艇で三五分。高松から特急で三時間程で、松山に着く。駅前には、

春や昔十五万石の城下哉

の子規の句碑がある。

子規は、この松山で父常尚と母八重との間に生まれている。一八六七（慶応三）年のことである。

本名は、常規である。少年時代の子規は、「青びょうたん」とあだ名で呼ばれるようなおとなしい子供で、本好きで貸本屋の本を借りてよく読んでいたらしい。母親の八重は次のように語っている。

悴は小児の時からおとなしくて他家《ホカ》の児のやうに、竹や木を持つて遊びませんでした。今考へますとそれは強い身体でなかつたからでせうかと思ひます。妹の方が餘程オテンバで御坐いました。

『アララギ』第六巻第一号（明四二・一）

その子規が松山中学（現松山東高校）に入り、政治に関心を持つようになる。おりからの自由民権運動の影響であろう。「自由何クニカアル」、と青年会で演説したり、中学のストライキの先頭に立って県会議場に押しかけたという。子規は、一八八三（明治十六）年、松山中学を退学して、叔父加藤恒忠を頼って上京する。翌年の九月に大学予備門に入学し、そこで、漱石と知り合う。

その後、子規と漱石の交友は続き、一八九五（明治二八）年には、漱石が子規の母校である松山中学の英語教師として赴任している。

その体験から十年後に、漱石は『ホトトギス』誌上に、「坊っちゃん」を発表する。

漱石が赴任した年の八月、五月に大喀血して、神戸から須磨と療養生活を続けていた子規が、漱石の下宿（愚陀仏庵）にころがりこんでくる。そして、子規は、階下の六畳、四畳半を居室として住んだ。

漱石が、その時の子規の様子を次のように語っている。

自分のうちへ行くのかと思つたら自分のうちへも行かず親族のうちへも行かず、此處に居るのだといふ。僕が承知もしないうちに當人一人で極めて居る。御承知の通り僕は上野の裏座敷を借りて居たので二階と下、合せて四間あつた。上野の人が頻りに止める。正岡さんは肺病ださうだから傳染するといけないおよしなさいと頻りにいふ。僕も多少氣味が悪かつた。けれども斷わらんでもいゝとかまはずに置く。僕は二階に居る。大將は下に居る。

漱石談「正岡子規」（『ホトトギス』第十一巻第十二号　明四一・九月）

そのうち、松山の俳句仲間が子規の所にやって来て、句会（松風会）を始める。漱石もその運座に加わり、盛んに俳句を作るようになる。

漱石の作句数は、この時期著しく増えている。和田茂樹編『子規と周辺の人々』（愛媛文化双書三六　昭和五八年八月）には、次のように書かれている。

二十二年に二句だった漱石の句は、その後、年をおつて、五、三〇、二、〇と続き、二十七年には一五というふうで、きわめて低調である。ところが、二十八年には、一躍四六二（そのほとんどすべてが子規と同居後の作）とふえて、翌二十九年には四九五と生涯の最高を示す。

子規は十月に上京するが、別れの近づく十月六日の日曜日、漱石と二人で、道後温泉本館（明治二七年四月落成）の楼上に上っている。
そして、子規は十九日、故里を去って行く。

行く我にとどまる汝に秋二つ　　子規

ところで、『子規全集』を読んでいたら、別巻二の月報に、大久保純一郎氏が「子規・漱石と米山保三郎」という一文を書いておられた。それによると、分類好きの子規は、交友番付を作製していて「厳友菊池謙氏、畏友夏目金氏、高友米山保氏」と書いているとのことである。この三人の交友は大学予備門時代から始まり、「子規の不得意な数学と外国語において、米山はクラスで抜群だった」という。子規は、数学と語学の点数が足りなくて、大学予備門の学年試験に落第している。又、〈米山保三郎の墓は出身地金沢にはなく、東京駒込千駄木町の養源寺に葬られている。「養源寺」という寺名ですぐ連想されるのは、『坊っちゃん』の菩提寺である。〉と書かれている。

子規・漱石・米山の交友には、興味深いものがある。米山が若死した時、漱石は斉藤阿具宛の手紙で次のように書いている。

文科の一英才を失ひ候事、痛恨の極に御座候。同人の如きは文科大学あつてより文科大学閉づるまで、またとあるまじき大怪物に御座候
（明三一・五・二九）

漱石は、一八八八（明治二一）年七月、第一高等中学校を卒業するが、米山の助言から建築科志望を捨てて英文学専攻を決意するのである。そして本科一部（文科）に進学する。

米山は、『吾輩は猫である』第三章に曽呂崎として描かれている。

例の曽呂崎の事だ。卒業して大学院へ這入つて空間論と云う題目で研究していたが、余り勉強し過ぎて腹膜炎で死んでしまつた。

この米山の墓が、養源寺（駒込学園横の道を入ったところ）にあると知ったことは、今回の旅の思わぬ余禄であった。一度、訪ねてみたいと思う。

さて、尾崎放哉は一九二六（大正十五）年四月に小豆島で亡くなっているが、それと同年同月、種田正一は一鉢一笠の行乞行脚に出発している。これが俳人山頭火であり、放哉と同じ井泉水『層雲』の同人である。生前、二人は会うことがなかった。山頭火は、二度小豆島の放哉墓参をしている。一九二八（昭和三）年と一九三九（昭和十四）年のことである。

放哉の「入庵雑記」は、『層雲』に、一九二六（大正十五）年一月から五月号まで連載されている。山頭火の書簡集を読むと、同人である山頭火は、「入庵雑記」の載った『層雲』一月号を木村緑平にかりて読んでいる。

私の想像の世界ではこの放哉の「入庵記」を読んで、山頭火が行乞行脚に出たと推測することを止められない。放哉における小豆島のように山頭火も〈死に場所〉を求めて旅に出たのであろう。

山頭火は放哉をどのように見ていたのか、井泉水宛の手紙に、次のように書いている。

私はたゞ歩いてをります、歩く、たゞ歩く、歩く、歩く事が一切を解決してくれるやうな気がします……先生の温情に対しては何とも御礼の申上やうがありません、ただありがたう存じます。然し、悲しいかな私にはまず落付いて生きるだけの修業が出来てをりません……放哉居士の往生はいたましいと同時に、うらやましいではありませんか、行乞しながらも居士を思ふて、瞼の熱くなつた事がありました、私などは日暮れて道遠しでありります、兎にも角にも私は歩きます。歩けるだけ歩きます。歩いているうちに、落付きましたらば、どうぞ縁のある所で休ませて頂きませう、それまでは野たれ死にをしても、私は一所不住の漂泊をつづけませう。

『山頭火全集』第十一巻（春陽堂書店　昭六三・四月）

何がその人の人生を変えていくか分からないが、山頭火のあまりの不幸は、家の没落であろう。山口県防府の大地主であった種田家だが、父の放蕩のために、母フサが投身自殺をする。それ以後、どんどん家は傾いていった。

山頭火に、故里を詠んだ次のような句がある。

寝るところが見つからないふるさとの空
雨ふるふるさとははだしであるく
秋日あついふるさとは通りぬけよう

山頭火は、行乞の旅を終え、一九三九（昭和一四）年の暮、松山の御幸寺境内の空き家（一草庵）に身を落ちつける。松山高商教授、高橋一洵の世話による。

そして翌年の十月十一日、山頭火は、五十九歳で亡くなる。

おちついて死ねそうな草萠ゆる

山頭火は、やっと「おちついて死ねそうな」終《つい》の住処《すみか》を松山に見つけることができた。放哉における小豆島のような。

大三島

松山から大三島に高速艇で渡った。この島は国宝の島としても有名で、全国の国宝重文の指定を受けた武具類の約八割を所蔵しているとのことである。かねてから大三島の大山祇神社を訪ねたいと思っていたのは、義経と頼朝が奉納した鎧を一度見たかったからである。義経は赤絲威、頼朝は紫綾威で実に見事なものであった。

かつて大三島を訪ねた小林秀雄が、次のように書いていた。

眼の前の甲冑は、私が聴覺で失つたところを、はつきりと視覺で恢復してくれてゐるやうに見えたのである。優しいものと強いものと、纖細なものと豪快なものと、どんなに工夫して混ぜ合はさうとしても詮ない事が、疑ひやうのない一つの姿に成就されて立つてゐる。そんな感じがした。歴史が創るスタイルほど不思議なものはない。

「平家物語」『小林秀雄全集』第十二巻（新潮社　昭五四・四）

これ以上つけ加える言葉が私にはないが、今回の旅行の最後に訪ねた「鞆の浦」の風景を見ながら、小林が甲冑や弓矢の名品を見て、前記の文章の中で「風光明媚」と表現していたことを、実感として納得した。

尾道

大三島から尾道港に高速艇で渡る。先ずは、千光寺前公園の上まで行く。〈文学の小道〉があり、そこには、林芙美子の「放浪記」の一節を刻んだ碑があった。

海が見えた。海が見える。五年振りに見る尾道の海はなつかしい、汽車が尾道の海へさしかかると、煤けた小さい町の屋根が提灯のように、拡がつて来る。赤い千光寺の塔が見える。山は爽やかな若葉だ、緑色の海、向うにドックの赤い船が、帆柱を空に突きさしている。私は涙があふれていた。

林芙美子（『放浪記』より）

林の小学校時代の恩師、小林正雄の筆による。

林が尾道に来たのは、一九一六（大正五）年のことである。行商をする父について、母と共にやって来た。林は、ここで市立第二尾道尋常小学校（現在の辻堂小学校）の五年に編入する。同級生よりも二歳年長であった。

その時に、林の文学的才能を認め、それ以後も援護者であった小林正雄訓導と出会う。

小林の強いすすめで、林は市立高等女学校に進学した。「当時、この階層としてはほとんど異例のこと」（『新潮日本文学アルバム林芙美子』）だったという。図書館で文学書を読み漁ると共に、「山陽日日新聞」や「備後時事新聞」に詩や短歌を投稿し掲載される。

淋しきは母と二人の夕餉なれ語るもつきて只《ただ》もくしけり

（女学校四年の時の作）

林が、本格的に文学をやろうと上京したのは、一九二二(大正十一)年のことであった。

林が流行作家として認められたのは、一九三〇(昭和五)年に改造社から出した「放浪記」がベストセラーになってからであろう。

ところで、翌年の「改造」四月号に、林は「風琴と魚の町」という作品を発表している。一九一六(大正五)年初めて尾道に来た時のことが詩情豊かに語られている。行商生活の貧しさが胸を打つ。


座蒲団を二つに折って私の裾にさしあってはいると、父はこう云った。私は、白かまんまと云う言葉を聞くと、ポロポロと涙があふれた。

「背丈が伸びる頃ちゅうて、あぎゃん食いたかものじゃろうかなア」

「早よウ、きまって飯が食えるようにならな、何か、よか仕事はなかじゃろか」

父も母も、裾に寝ている私が、泪を流していると云う事は知らぬ気《げ》であった。

「あれも、本ばよう読みよるで、どこかきまったりゃ、学校さあげてやりたか」

「明日、もう一日売れたりゃ、ここへ坐ってもええが……」

「ここはええところじゃ、駅へ降りた時から、気持ちが、ほんまによかった。ここは何ちゅうてな?」

「尾の道よ、云うてみい」

「おのみち、か?」

「海も山も近い、ええところじゃ」
母は立って洋燈《ランプ》を消した。

尾道駅近くのアーケード商店街には、「芙美子」という喫茶店がある。そこでは、林一家が一九一七（大正六）年に住んだ宮地醤油屋の二階（部屋は違うが同じ造りのもの）を見ることができる。

文学の小道に、もう一人尾道縁《ゆかり》の小説家・志賀直哉の碑があった。

暗夜行路　志賀直哉

六時になると上の千光寺で刻の鐘をつく。ごーんとなると直ぐゴーンと反響が一つ、又一つ、又一つそれが遠くから帰つてくる。其頃から昼間は向島の山と山との間に一寸頭を見せている百貫島の燈台が光り出す、それはピカリと光つて又消える。造船所の銅を溶かしたような火が水に映り出す。

志賀直哉が尾道を訪ねたのは、一九一二（大正元）年のことである。父との不和から家を出て、十一月中旬に尾道に行き、土堂町宝土寺上の三軒長屋の一軒を借りて住んだ。その長屋は、千光寺に登る石段の途中にあり、現在もそれが保存され、市の「文学記念室」になっている。

志賀は、ここで「清兵衛と瓢箪」を書き上げ（大正二年一月市日「読売新聞」に発表）、『暗夜行路』の前身である「時任謙作」に筆を染めている。

部屋からの眺望は良く、『暗夜行路』の中でも次のように書かれている。

景色はいい處だつた。寢ころんでゐて色々な物が見えた。前の島に造船所がある。其處で朝からカーン〳〵と鐵槌《かなづち》を響かせて居る。同じ島の左手の山の中腹に石切り場があつて、松林の中で石切人足が絶えず唄を歌ひながら石を切り出してゐる。其聲は市まちの遥か高い處を通つて直接彼のゐる處に聽えて來た。

ところで、「暗夜行路」に取扱われているお婆さんや長屋のおばさん達は、志賀をどのように見ていたのだろうか。井伏鱒二に「志賀直哉と尾道」（『井伏鱒二自選全集』第八巻　新潮社　昭和六一年五月）という一文がある。それによると、近所の人たちは、どうも「様子が怪しい」「注意人物」と思い込んでいたというのである。

朝は遲くまで寢てゐて、夜になると何やら机の前でつらさうに考へ込み、時によつては、たとひ夜中でも不意に東京に行つて来ると婆さんに云ひ残して街におりて行く。そして東京に出かけて行くと、きつとざくざく銭を持ち帰るらしい。どうも怪しいといふので村上のをばさんをはじめ近所の人たちは、アイ婆さんをのぞくほか誰も志賀さんをおそろしい人だと思ってゐた。
「志賀直哉と尾道」

「アイ婆さん」とは、『暗夜行路』に登場する婆さんのモデルである。「ざくざく銭を持ち帰るらしい」とか、「おそろしい人」だとか、庶民が見た志賀像がよく表現されていて、ユーモラスである。それもそのはずで、志賀は、一九一二（大正元）年四月、父親から自家の財産が「六十万を越した」ことを聞いたと日記（四月七日）に書いている。参考までに、明治四三年の総理大臣の年俸は一万二千円である（『値段の風俗史』朝日新聞社　昭和五六年一月）。いかに志賀家が裕福だったかが分かる。

最後に、文学記念室の下が、新しく公園になっていた。それはいいとしても、「暗夜行路」とだけ書いた碑が記念室の横にあったり「放浪記」という碑が公園にあったりと、文学碑の粗製濫造のように私には思われた。

「暗夜行路」の碑は、「土地の有志が志賀さんに無断で単行本の犬養健氏の題字から文字を取って彫らせた」（村上菊一郎「尾道時代の志賀直哉」『日本近代文学大系』角川書店月報15　昭四六・一）らしい。

文学史跡を保存するのはありがたいが、観光客への、軽薄な阿《おもね》りは、かえって、その作家の人と文学を貶《おとし》めることになると思うのだが。

一〇、小松・金沢文学散歩

実盛の首洗池（片山津）

芦原温泉から車で五十分程走ると片山津に着く。寿永二（一一八三）年五月倶利加羅峠の一戦で大敗した平家の軍勢が、木曽義仲の軍団をくいとめようと失敗したところが篠原の戦場である。その南に、白髪を染め若者にまじり討死した、斉藤実盛の首洗池が静かに水をたたえている。かたわらに芭蕉の句碑がある。

多太神社（小松）

義仲にとって実盛は幼少の時に命を救ってくれた恩人で、その着具であった甲冑を多太神社に奉納して実盛を供養した。芭蕉が北陸行脚の途中でこの神社に立ち寄り、この冑や鎧を見て詠んだ句が「むざんやな甲の下のきりぎりす」である。

聖興寺《しょうこうじ》の千代尼資料館（松任）

千代尼は、表具師福増屋六兵衛とつるの間に生まれた。幼少のころ北潟屋弥左衛門について俳諧の道を学び、その後各務支考の門に入り中川乙由に師事した。本堂に向かって右に、「月を見て我はこの世をかしく哉」という辞世の句を彫った、千代尼塚とよばれる句碑がある。徳富蘇峰は、千代尼のことを西行にたとえている。俳生涯は六十年あまりにわたり、詠まれた吟はおよそ二千。

朝顔やつるべとられてもらひ水
葉も塵もひとつ台や雪の花
一すじにゆりはうつむくばかり也

又、この聖興寺から車で五分程度のところに、宗教改革者暁烏《あけがらす》敏《はや》明達寺《のみょうたつ》がある。暁烏は真宗大学（現大谷大学）に入り清沢満之を知り宗門の改革に身を投じた。彼の蔵書六万冊は、「暁烏文庫」として金沢大学に寄贈されている。

湯涌《ゆわく》温泉・白雲楼ホテル

浅野川の上流にある湯涌温泉は、藩制時代前田百万石藩主専用の湯治場として利用された。白雲楼ホテルは、昭和七年に創業され、館内には相川松瑞の大襖絵や宮本三郎の大壁画がある。

このホテルの下の医王山薬師寺には、竹久夢二の次のような歌碑がある。


湯涌なる山ふところの／小春日に／目閉ぢ死なむと／きみのいふなり

夢二式の女の原型とされているのが最初の妻たまきで、金沢出身である。夢二は、そのたまきと別れ、次の彦乃と結ばれるが、大正六年この湯涌温泉山下旅館に泊まっている。彦乃は胸を患い二五歳で病没している。

泉鏡花出生の地

湯涌温泉から車で三十分程、尾張町森八菓子店前に鏡花生誕地の碑がある。鏡花は明治六年十一月四日、金沢市下新町二三番地に泉家の長男として生まれる。父清次は彫金師。

又、近くの久保市乙剣神社に「うつくしや鶯あけの明星に」という鏡花の句碑がある。

鏡花も秋声（明治四年生）も、市立馬場小学校の出身で、その校庭には川端康成の筆になる文豪碑がある。

東の廓

ひがしの廓は文政三年（一八二〇）に加賀藩がお茶屋を集めて町割したものである。客には上流町人・文人が多く、ここでの遊びは琴、三弦、舞、謡曲、茶の湯から和歌、俳諧にまで及んだ。その中でも「志摩」は、ひがしのお茶屋の造りをそのままにとどめている。

滝の白糸碑

東の廓から浅野川大橋を渡り、川ぞいを歩くと「滝の白糸碑」がある。滝の白糸とは鏡花の「義血侠血」のヒロインである水芸人の名で、その白糸が恋人村越欣也と会うのが天神橋であったため、それを記念して建てられたものである。

卯辰山（秋声、鶴彬《つるあきら》の碑）

天神橋を渡り卯辰《うたつ》山に登ると犀星筆による秋声碑がある。そこには秋声についての解説と「生きのびてまた夏草の目にしみる」という秋声の絶句が記されている。この碑の裏側には、昭和二二年建碑の覚書があり、「日本の小説は源氏にはじまって西鶴に飛び西鶴から秋声に飛ぶ」という川端康成の賛辞がある。

又、近くの玉兎《ぎょくと》ヶ丘には、昭和五年に金沢の七連隊へ入隊し、反戦ビラをまいた鶴彬（川柳作家。河北郡高松町生まれ）の句碑「暁を抱いて闇にゐる蕾」がある。

兼六園

金沢城跡とは百間堀をへだてて兼六園がある。日本三名園の一つ。兼六園の名は松平定信が宋の李格非の「洛陽名園記」にある「宏大、幽邃《すい》、人力、蒼古、水泉、眺望」の六つの条件を兼ねそなえているというところから兼六園という名をおくったことによる。園内には、石川県立伝統産業工芸館があり、九谷焼、加賀友禅、山中漆器、輪島塗、金沢箔、大樋焼、桐工芸、七尾仏壇、等の展示を行なっている。

石川近代文学館

昭和四十三年旧四高の書庫を改装して開館した文学館も、更に充実発展して本館に移された。この四校本館は明治の代表的な建造物である。常設展示九室（思想界の先人たち、日本海辺の文学、秋声をめぐる人びと、鏡花文学の世界、犀星を愛した詩人たち、詩歌の流れ、四高その青春と光芒、異色作家の風景、自然と造型への挑戦者）と特別展示二室からなっている。本館前には四高健児の像が建つ。新保千代子館長は、犀星の研究者。

犀川（犀星碑と雨宝院）

大橋と桜橋の間に流し雛型の赤御影石でできた犀星碑がある。その碑には、次のような詩が刻まれている。

あんずよ／花着け／地ぞ早やに輝やけ／あんずよ花着け／あんずよ燃えよ

この犀星碑も先の秋声碑も同じ石川県出身の建築家谷口吉郎氏による設計である。犀星は明治二二年八月一日金沢市裏千日町三一に生まれる。父は牛畠弥左衛門吉種で加賀藩の足軽組頭。母ハルは小畠家の女中。無名のまま生後一週間で千日町にある真言宗雨宝院室生真乗の内縁の妻赤井ハツに貰われ、ハツの私生児照道として届出された。大橋近くに、その犀星が育った雨宝院がある。

一一、舟越保武画文集『巨岩と花びら』

何げなしに立ち寄った書店の棚の一角に、思わず手に取ってみたい衝動にかられた本があった。私は、吸い寄せられるように、その前に行った。

「フナコシ・ヤスタケ」

私には未知の人である。しかし、表紙に描かれている聖女のデッサンから、筆者の清浄な心を感じることができた。

夕日が射し込む電車の中で、何度もそのデッサンを眺めた。何かしら悲しみすら、そこからは感じられてきた。

❖

筆者は、美校（現在の東京芸大）の彫刻科を卒業し、長崎にある「二十六聖人」の像を制作している。美校の同期には、佐藤忠良、昆野恒、山本恪二、井手則雄、後藤一彦、桜井光等がいた。

しかし、このような筆者の経歴の解説は、あまり問題ではない。単に〈石の職人〉であろうと願っているのだから、余分な衣を被せても意味がないのである。また、「二十六聖人」の像を誰が作っていようとも、究極的には問題でなくなるであろうから。

本書は、全体が「巨岩と花びら」「めぐりあい」「彫刻の顔」「石工の心」の四部立となっている。とりわけ表題ともなる「巨岩と花びら」に収められている幾つかの文章に心引かれた。

一体、彫刻するとはどのような行為なのであろうか。本書を読んでいて、あたかも〈一枚の小さな花びら〉のように果敢《はか》ない人間が〈永遠〉につながろうとする行為に、私には感じられてきた。

私達のまわりを常に均質な時間が流れ去ってゆく。ややもすれば、その中で我を忘れて埋没してしまいがちである。

そんな日常の中で、一瞬を掴み取り静止させることによって異質な時間の流れを私達に垣間見させてくれる。私には、彫刻家の内部に〈永遠〉に対する怖れと憧れがあるように思われてならない。

彫刻家が、果敢なく消え去ってゆく〈美〉を一瞬にしてとらえ、それを永遠化しようとする者ならば、その〈美〉の訪れの不思議議が、本書には書かれている。筆者は、心の内部を読者に開いてくれている。

時には、心を澄まして自然と対話する。〈自然の中に溶け込んで、それに調和した存在になりたい〉と筆者は願うのである。

渓流にある〈石〉に次のように聴く。

水の流れで、小さな石がぶつかって少しずつ削られ、彫刻されたものだ。水の力が小石という道具を使って彫ったものだ。この石の作者は水なのだ。あんな澄明な清らかな様子の水が、実は大変な力を持った彫刻家なのだ。我々の作る作品とは年季の入れ方が違う。我々が作品にかける時間は永くても数年位のものだろうが、水は、何百万年もかかって彫刻しているのだから、とても比較する方が無理なことだ。

「渓流と彫刻」

自然（永遠の時間）のなす仕事は、偉大である。今日のこっている彫刻作品とは、時間という彫刻師に磨きをかけられたものであろう。

筆者は、中世の彫刻作品を、名もなき石工と時間との〈合作〉であると書いている。そして、自らの名前を刻まなかった石工達に親しみを感じている。ただいい作品をつくりたいというだけで、〈人の眼に見えない部分〉にも丁寧に仕事をする石の職人達にである。

そのような石工達の心に比して、現代の自分達がいかに作品の中で強烈に自己主張するかに腐心しているかを、同時に筆者は反省する。

現代の芸術のあり方から見ると、むしろ私のこの考えは、時代に逆行しているのでしょうが。個性というものを必死になつて強調して、世に訴えようとする現代。作品はあとまわしで、まず名前を出して行こうという現代。そういう現代に私は、疑いを持ちます。

「すきやき」

それゆえ、筆者の関心は、中世のフランス・ゴチック寺院の彫刻からロマネスクの石像群と溯ってゆく。素朴なもの、簡潔なものの美を求めようとするようにである。

筆者は、中野重治のことを「ひいらぎの生垣」という一文で書いている。筆者が毎日散歩するコースは、中野の家の前を通る。いつも、中野に声をかけたいと思うのだが、それができないでいる。

私が急に声をかけたら、中野さんの心を乱すことになるのではないか。中野さんの思考の静かな池に、さざ波を立てることになりはしないか。
こんな考えが私をおさえつけて、あとずさりをさせてしまう。

「ひいらぎの生垣」

私は、本書を読んでいて中野の「素樸ということ」という一文を思い出さずにはおれなかった。筆者が中野の人間性に親しみを感じるのも、芸術に対する根本的な考え方の共感からきているのではないかと思う。

絵画についての次のような文章は、筆者の芸術全般についての考えとみてよいだろう。

平凡なものを平凡に描いて、しかも、その画面が、高い品格を持って人の心に深く沁み込むところこそが、作家の本来の姿勢でなければならないと私は思う。

「病醜のダミアン」

この考えは、デッサンを〈平面芸術の中で最も純化された表現で、最も高度なものを秘めているのかも知れない〉（「彫刻とデッサン」）とすることにつながってゆく。

❖

筆者のこのような芸術における純粋性は、その精神性によっているといえる。

筆者はクリスチャンであるが、その心ゆえに、瞬時においてであれ、目に見えないものも筆者の前に姿を現わしてくれるのである。

しかし、このような筆者も最初から敬虔なクリスチャンであったわけではなく、むしろ、〈熱心なカトリック信者〉であった父によく反抗したという。その反抗は、父の亡くなるまで続き、〈ついに父の生前には洗礼を受けなかった〉という。

十八歳の時のことであるが、脛骨の骨髄炎にかかり、父親が教会からもらってきた聖水を傷口にそっとかけてくれた。

それに対して筆者は〈「やめろ、傷口が悪くなる」ときちがいのようにわめいた〉。

父親は黙って〈クレゾール液でわたくしの傷口を洗い直して、聖水を流し去って〉くれた。……

……

父親は〈その年の暮れ近く癌で死〉んでしまうが、筆者の心にはこの時のことが、後々にまで父に対する〈すまなさ〉としてのこる。自分のために父の永年の信仰をぐらつかせてしまったことに対する取り返しのつかない悔いである。

父はどんなに苦しんだであろうか。石のように堅く守りつづけてきた永年の信仰が、自分の子をいたわる気持からたとえ瞬時でもぐらついてしまつたことについて、取り返しのつかないこの一事が父の心をずたずたにしてしまつたのではなかつたか。父の心がつたわつてか、わたくしも胸を掻きむしるような思いがあつた。

「断腸記」

後に筆者は、フランシスコ・キチの像を制作していた時、途中〈何ものかがわたくしを引っぱって強い力で仕事をさせている〉ように感じる。そして、像が完成した時、一瞬、その像が父の顔に見えたという。

私には、その像を、筆者を通じて父が作らせたとしか思われない。筆者の中にいる父である。

❖

私は本書を通じて、筆者のやわらかな心の動きを知ることができた。それが、時には筆者の消えぬ心の痛みであっても、そっと私達に語りかけてくれている。

私は、本書を心静かに読み、至福の時を持てたことに喜びを感じている。

舟越保武『巨岩と花びら』(筑摩書房　昭和五七・六・三〇)

一二、和田謹吾『埋み火抄』を読む

見返しには、芭蕉の次の句が引かれている。

　　埋み火も消ゆやなみだの烹ゆる音

亡くなった人に対する遺族の悲しみの深さを詠んだ句であるが、わが来し方を振り返り過ぎ去っていった人々を憶う筆者の現在の心境を語っているともいえよう。「心に残る人々」の章では、静かに亡き人を偲ぶ筆者の心が伝わってくる。
四十五編の小品が収められているが、恰も一冊の〈自伝〉を読むような印象を持つことができる。「心に残ることばこそ、その人の真実の表現であろう」（「心に残ることば」）とは筆者の言葉であるが、私にとっての〈心に残ることば〉の幾つかをこの本から以下拾ってみたい。

Ⅰ

筆者が教師になる最初の切っ掛けは、小学校時代の恩師である奥山義亮先生との出会いによるという。小学校の一年生の時から、「小学校の先生になるのだと言い張り」はじめる。人の一生での最初の出会いの大きさを痛感する筆者であるが故に、自らが大学教師となって四月に新入生を迎えた時、「それが悪い〈めぐりあわせ〉にならないように、彼等にとってそれがなんとかよい〈めぐりあわせ〉になるようにと念じつつ教室に歩を運ぶ」（「めぐりあい」）ようになるのであろう。確かに「人生は〈めぐりあい〉の妙にある」のかもしれない。

（奇しくもこの本の後で手にした竹之内静雄の『先師先人』（新潮社刊）も、そのような出会いのよろこびと怖さを語った一冊であった）

本書を通じて知り得た、師としての能勢朝次・風巻景次郎の厳しさと優しさには心打たれるものがある。その学問に対する姿勢と人間性に照らして、筆者は自省する。

「文学という仕事にかかわっていて人間的に陶冶されない人は、その仕事もにせものだと私は思う」（「心を起す時」）という信念は、筆者の接してきた師に対する信頼からきているのであろう。そして本書も、この言葉通り人間味のあるものになっている。例えば、次のようなことが長い研究生活には多々あったであろう。

筆者は北海道でずっと研究活動を続けているが、その筆者の「唯一の楽しみは、年に一度東京へ出張すること」であるという。そして、「一切の雑役から離れて図書館に立て篭り、朝から晩まで本の山と取っ組んだ後の疲労感は、一年間の屈したこころを吹き飛ばしてくれる」。ところが、ある時その予定の半分も過ぎない頃に留守宅から妻の入院を知らせる電報がくる。調べものが中途半端になるし、もう一度上京するにもかなりの生活の負担になる。あれこれと筆者は思い迷うが、結局「電報を受け取ってから二時間後には、もう北に向って走る急行列車の中に身を置く」ことになる。（「病院への道」）

筆者の妻に対する思いやりは、この一文や「白老」に美しく結晶化される。又、「ボーナスは本代の借金がまず第一。しかし、習い性となったか、不足もいわない。亭主は大学へ行って、『世界の三大悪妻はソクラテスの妻、シェイクスピアの妻、夏目漱石の妻、悪妻でないと文豪になれない。だからぼくは文豪になれない』などと講義している。」（「女房談義」）と語る。さりげなく筆者はこの本で妻に感謝をしている。白老での〈めぐりあわせ〉をずっと大事にしているのである。

ところで、私はこの本を読む前から、筆者に何故北海道でずっと腰を落ち着けて仕事をされているのかをお聞きしたいと思っていた。

その答えにあたるものを、この本から私なりに受け取ることができた。

昭和二十年代のことであろうが、版画家の川上澄生が白老に疎開してきていた。近くに住んでいた筆者の奥様（娘時代）は、直接川上から英語を習う。その時のことである。

ある時、川上さんは路傍の草の名を妻に聞いた。妻は答えられなかった。その時、川上さんは、「まず自分の足許からよく見なければ駄目です。ふるさとの一木一草からよく観察しなさい」と言われたという。いま思えば、文化というものに対する基本的な教えとして含蓄が深い。「白老」

私は、地方から東京という文化に憧れて上京してきた。そんな人間には、このような一文は心痛い。だが、地方を離れてこそ私の中で地方が見えてくる面があるのも事実である。

又、筆者は次のようにも語っている。

風土は思索の型を変える。人間のものの考えかたは、その生まれ育った地方の風土に微妙に影響されていると思う。だから、そういう人間によってつくられる文学というものもおそらくそのことを離れては正しく理解することはできないのではないかと思う。北海道の作家たちに、ある種の共通な、顕著な特徴が見られるのは、きっとそのためだろう。

「三寒四温」

つまり何故北海道かといえば、今いる土地にこそしっかり目を向けることが文化というものの基本であり、北海道でこそやれる地の利をいかした仕事があるからであろう。地方か東京かという問題は、常に私達から離れない。筆者の存在（仕事）は、「近代文学の研究は地方ではできない」という言葉を打ち消している。

しかし、人には定住型か移住型があるのではないだろうか。移住型は、どちらかといえば否定的に考えられがちである。だが、丁度私達の体内を巡る血液のような〈動民〉の存在があるからこそ文化が活性化される（五木寛之）のであろう。

最後に、この本の研究者の〈自伝〉としてのおもしろさを語っておきたい。筆者は、自然主義文学の研究家として知られているが、最初の近代文学との出会いは漱石であったらしい。東京高等師範時代に、「兄の家から漱石全集を一冊ずつ借りて来ては読み、返すときに兄と討論したことがきっかけになって、わたくしの心は次第に近代文学に傾いた」という。そんな時に出会った本が、吉田精一氏の『明治大正文学史』であり筆者にとっては「旱天の慈雨」となる。

この『明治大正文学史』を「道しるべ」として、戦争中独学する。現在の筆者を形成する核となる時期ではないだろうか。

神保町の一誠堂の店先に積んであった『明治大正文学全集』を四十三円で買い込んで暗い燈火管制の夜道を自分で担いで帰り、文学史の叙述と対照しながらやみくもに第一巻から順に読み始めた。まるで一人でこの文学史書の演習をやるように、この本を読みながらあるいは作品を読み、あるいは書中の引用文献に当たって関連事項を欄外に書き込むなど、克明にたどっていった。軍隊に行くまでの一年間、わたくしは『明治大正文学史』と『明治大正文学全集』との間を往復することに没入した。せめてそこに自分なりの学問的充足感を得た上で戦場に赴きたかった。

「回想・この一冊」

人は人生の岐路に立った時、一冊の書物に出会い生涯影響を受けるのかもしれない。

戦後、復員して筆者は新設の北大法文学部に入り、それ以後、北大と共に歩んでいる。

私はこの本から、一人の研究者の〈精神の物語〉を読むことができた。筆者に厚く感謝したい。

一三、『あらくれ』試論

秋声が、「あらくれ」を「読売新聞」に連載したのは、大正四年一月から七月までの計百十三回である。本稿では、お島の人物造型を通して筆者が意図していたもの、お島は〈新しい女〉であるのかどうかを考えたい。

お島は少女時代、「気強い母親」から疎まれて親の愛を知らずに育つ。

始終めそめそしていたお島は、どうかすると母親から、小さい手に焼火箸を押つけられたりした。お島は涙の目で、その火箸を見詰めていながら、剛情にもその手を引込めようとはしなかった。(二)

お島の反抗心は、すでにこの時から芽ばえている。七つの時には他家に養女に出される。後に、お島は養父母の勧める結婚を嫌い剛情を張り通す。義理ある養父母の勧める結婚であるから、それに従うというのではなく、嫌なものは嫌だと押し通そうとする〈天性の反抗心〉からである。理屈をつけて考えるよりも、行動が先にくるタイプの女である。

そのお島が、義母のおとらに自分の理想の男性像を次のように語っている。

些とは何か大きい仕事でもしそうな人が好きですの。そして、もつと綺麗に暮していけるような人でなければ、一生紙をすいたり、金の利息の勘定をしてるのはつくづく厭だと思いますわ

(一二)

かって樋口一葉が小説で描いた、自らの運命に柔順に従って耐えていこうとする女とは明らかに違っている。養家でのお島の立場は、何かあれば義母から七つにもらわれてきた時の惨めな様子を繰り返し聞かせられるというように、幸せなものではなかった。普通ならばそのような環境の中では、自己主張などできずに古い家の犠牲となることが多いだろう。秋声は、様々な桎梏に縛られないで自由に行動する女を、当時流行の目覚めた〈新しい女〉とは別の形で実現しようとした。少くとも秋声の実験は当初そうであったに違いない。

お島の反抗は、〈古い女〉である母親に対する反抗としてあらわれる。

「今に見ろ、目の飛出るようなことをしてやるから」お島はむらむらとした母への反抗心を抑えながら、平気らしい顔をしてそこへ出て行つた。初めて自分を養家へ口入れした、西田と云

う爺さんの行つているような仕事に活動してみたいとも思つた。(一四)

ところが、このような反抗的なお島も植源という隠居の世話で罐詰屋の鶴さんと結婚する。今度は父母に従ってしまう。お島の人物造型の上では二八章ぐらいから変化している。この変化を考える上で重要なのは、秋声自身の「『爛』と『あらくれ』のモデル」(『新潮』大四・一〇)という一文である。

『あらくれ』の方は初めは「野獣の如く」と云ふ題で書きたいと思つて居たのを、書く間際になつてから変えたのだ。あの材料に就ては大部空想じみたことを考へて居た。詰り現代の極く神経の荒つぽい、人情を解しない――世界の義理人情と云ふやうなことには少しの頓着もなく、絶えず活動して行く人間を書こうとしたのだ。

(中略)

初めはさう云ふ意りで書いたのが、いろいろな事情もあつたりして、途中から最初の考へを捨てゝ事実を書くことにした。

というように創作意図の変化がある。ここでいう「途中から」というのは、二八章からと考えてよいだろう。又、「事実」を書こうとしたというのは、「女主人公のお島のモデルは人情もあるし、気分と云ふやうなものもあれば、非常に涙つぽい女である」というように、お島をモデルに近づけて書こうとしたことであろう。

尚、この二八章という数字と作品の変化に関しては、今引用した一文の最後の方に、秋声が、「前にも云った通り、途中で最初の考へを捨てゝ了ったので、前の三十回許と、後とは何だかうまく連絡の取れて居ない様な感じもする」（傍点、引用者）という言葉とが一致していることも、そう考える根拠になろう。

例えば、二九章になると、お島の荒々しい気質ではなく、普通のおとなしい女としての感情が次のように書かれている。

姉や植源の嫁が騒いでいるように、鶴さんがそんなに好い男なのかと、時々帳場格子のなかに坐つている良人の顔を眺めたり独り居るときに、そんな思いを胸に育み温めていたりして、自分の心が次第に良人の方へ牽つけられてゆくのを、感じないではいられなかつた。（二九）

ここではもうかっての野生味はない。しかし、そんな生活も鶴さんに女ができて挫折してしまう。

男に対する女の弱さの裏返しとしての荒々しさがお島に出てくる。

やがてお島は兄につれられて山国の温泉場に行き浜屋の若主人と出会う。お島をとりまく様々な男がお島を裏切るが、病弱な浜屋だけは違っている。

結局ここでも父親がお島を連れもどしにくる。お島は田舎から都会に、安らぐ場もなく向わねばならない。お島にとって浜屋との出会いは束の間の幸福だったに違いない。東京にもどってお島はあたかも浜屋への未練を断ちきるようにして、伯母の所に来る小野田という裁縫師と「自分自身の心と力を打込めて働けるような仕事に取着こう」と決心する。

自分の仕事に思うさま働いてみたい――奴隷のようなこれまでの境界に、盲動と屈従を強いられて来た彼女の心に、さうした欲望の目覚めて来たのは、一度山から出て来て、お島をたずねてくれた浜屋の主人と別れた頃からであつた。（六三）

今までの男性関係からするならば、小野田を「工場から引っこぬいて、これを自分の手で男にしてみよう」（六五）というのは、お島にとって大きな変化である。そうした男性に対する自立意識を重視するならば、六三章を境にして前後にわけることもできよう。だがそれは、二八章の変化の上にたったお島の成長と考えられる。小野田との生活では、お島は〈職業婦人〉になるために目ざましい意欲をみせてゆく。

この作品が発表された時、賛否両論があった。一つは、中村星湖の「『あらくれ』の批評」（『新潮』大四・一〇）である。そこで中村は次のように書いている。

『黴』や『足迹』に書かれた女達は男に依らなければ生きられない見じめな旧来の日本女性で

あつたが、『あらくれ』のお島になると、むしろ男の競争者となりそれ以上にも抜けて行こうとする――即ち在来の型を破つた女である。

お島の人物像に「新しい女」を中村は読みとっている。

しかし、逆に野上日川はお島に「知識が欠けてゐる」から「近代的意味に於て、所謂職業婦人になれなかった」（『新潮』大四・一〇）と指摘する。

結論からいうならば私の考えは、中村のように〈新しい女〉と断定することはできないとしてもその過渡期の女として生きているということを肯定的に評価したい。お島は当初の秋声の意図とは違いモデルにつき人情のある普通の女になった。その女が、結局は男の存在がなければ生きていけない女であったにしても、必死に人生を切り拓こうとする姿は認めねばならない。六三章以降〈職業人〉として生きようとするお島の姿に、何の学歴もない一人の女が体で時代に生きようとする真実を感じる。最後まで救いのないお島の生活にこそ人生を感じるのである。お島を〈新しい女〉として描ききれなかったところに、この小説の挫折を見て否定的評価をすることには反対である。例えば小野田をひっぱってうまく生活する所で小説が終っていれば、〈新しい女〉といえるのだろうか。そのようなハッピーエンドの結末に何の魅力があろう。又、お島を新しい物の考え方をする女性として描かれてあればよかったのだろうか。それこそ、秋声はそんな女性を望んではいなかったであろう。漱石が「あらくれ」を評した次の言葉は、漱石と秋声の文学の違いをあざやかに示している。

「人生とは成る程こんなだろうと思います。あなたはよく人生を観察し得て、描写し尽しましたね。その点に於てあなたの物は極度まで行って居る。これより先に、誰が書いても書く事は出来ますまい。」こうは云えるが、然し只それ丈である。つまり「御尤もです」で止っていて、それ以上に踏み出さない。つまり徳田氏の作物は現実其侭を書いて居るが、其裏にフイロソフイがない。

「大阪朝日新聞」(大四・一〇・一二)

二人の作家の資質の違いを如実に語っている。秋声は作品から要約されるようなフィロソフィなるものを書こうとしたのだろうか。むしろ、逆に、それを作品から隠そうとしていたのではないだろうか。人生の事実をそのままに読者の前になげだそうとしたのではないか。

漱石と秋声との関係を、江藤淳は「漱石にはおそらく秋声に特に注目すべき深い個人的な理由があった」とし、その理由として「比喩的にいえば、漱石とは秋声プラス精神である」(『日本の文学』第一〇巻解説　中央公論社)と述べている。この江藤の考えには同感しかねる。漱石が秋声に注目した理由は、漱石自身が持っていないものを秋声の文学に見いだしたからではないかと思う。つまり、漱石をかりに「精神」とするならば、秋声は「肉体」と例えることができよう。漱石は、秋声のようにその文学に「肉体」を持っていないがゆえに、秋声に強い興味を示したと考えるべきではないだろうか。漱石の文学には、「肉体」としての人間的側面が不足している。

では「あらくれ」にフィロソフィなるものがないのであろうか。作者の希望も人生認識もないのであろうか。
平野謙は「あらくれ」を評して次のように書いている。

たとえその生き方が「野獣の如く」みえようと、「あらくれ」た女とうつろうと義理人情のシガラミなどに足をすくわれず、生きたいままを生きぬこうとする人間の努力に、人間の人間らしさを認め、そのたたかいに人間実存の証しを眺めようとした。

『平野謙作家論集』（昭四六・四新潮社）

そういうお島の姿に私達は心打たれるのである。失敗の連続であり、どこにも救いのない生活であるが、しぶとく生きていかねばならない。逃避的に人生を送ったり、自殺したりなどはできない、平凡であるが生きていくことに強さを感じる。そして、救いや解決などないのが人生なのかもしれない。

秋声は当初、「野獣の如く」生き、世間の義理人情から一切とらわれない女を描こうとしたがモデルにつきすぎてしまったという。

実際は、モデルにつきすぎたのではなく、秋声自身につきすぎてしまったのである。秋声が実人生で生きるように、お島は作品で生きたのである。秋声の人生認識がお島に具現化されたのである。

お島は、漱石の「心」の先生のようには自殺を考えない。生きることが前提としてある。「あらくれ」

のお島と、「心」の先生を比べた時、庶民のしぶとさと知識人の弱さを感じる。学歴のない秋声であるがゆえに、お島のような人物を造型できたのである。

最後に生田長江が秋声の作風を評した印象深い一文を引用して本稿を終えたい。

比人生を、どうすることも出来ないものと観るときは、抑へ付けられるような、重くるしい気分を生じ、誰が悪いのでもないと観るときは、じつとそれを堪へてゐるやうなねばり強い気分を生ずる。それ等の気分が北国人特有の気分に調和して、真に渾然たるものとなつてゐる。

「徳田秋声氏を論ず」（『新潮』明四四）

初出一覧

第一部　加能作次郎ノート

一、加能作次郎と能登――海を母に、父の子として――　金沢大学卒業論文に加筆

二、文学的出発――翻訳から小説へ――　金沢大学卒業論文に加筆

三、『文章世界』時代――田山花袋との出会い――　金沢大学卒業論文に加筆

四、「恭三の父」論　金沢大学卒業論文に加筆

五、「厄年」の世界と（救ひを求むる心）　『イミタチオ』（金沢近代文芸研究会発行）一号（昭59・6）

六、「世の中へ」試論　『イミタチオ』三号（昭60・10）

七、「若き日」のドラマ的手法　『イミタチオ』四号（昭61・4）

八、「小夜子」の方法　『イミタチオ』五号（昭61・10）

付・加能作次郎の文学碑

第二部　私の文学散歩

一、「むらぎも」を読む　歿後十五年中野重治研究と講演の会（於・法政大学）研究発表
二、中野重治と室生犀星　『中野重治研究月報』十六号（昭57・10）
三、志賀・中野のこと　『京北教育』十号（昭57・12）
四、『驢馬』の終焉――佐多稲子『夏の栞』から――　『中野重治研究月報』二十号（昭58・7）
五、佐多稲子『年譜の行間』に寄せて　『中野重治研究月報』二十二号（昭58・11）
六、大正十二年の出会い――堀・中野・犀星――　『中野重治研究月報』二十七号（昭60・9）
七、国分さん一、『中野重治研究月報』二十八号（昭60・10）、
　国分さん二、『中野重治研究月報』二十九号（昭60・12）
八、一枚の絵――松本竣介「都会」――　『京北教育』十一号（昭58・11）
九、小豆島・松山・尾道の旅　『京北教育』十九号（平3・10）
一〇、小松・金沢文学散歩　『国語界』三十五号（昭63・8）
一一、舟越保武画文集『巨岩と花びら』　『中野重治研究月報』十四号（昭57・8）
一二、和田謹吾『埋み火抄』を読む　『中野重治研究月報』十三号（昭57・7）
一三、「あらくれ」試論　『中野重治研究月報』十二号（昭57・6）

後書き

能登の七尾に生まれ、金沢で大学時代を過ごした。高校のときの担任から、受験する大学は一度は見て来なさいと言われ、雪の降る石川門（当時、大学が城の中にあった）を訪ねたことがある。それ以後雪の降る金沢の町は、わたしの最も好きな思い出の風景となった。

大学では森英一、川本栄一郎両先生の指導を受けた。また、栗原敦先生からは現代詩のおもしろさを教えていただいた。特に、本書にある加能作次郎を卒論の対象に選んだのは、金沢大学に赴任されて間もない自然主義文学を専攻されていた森先生の影響である。特に森先生の国木田独歩の授業には「研究」することのすばらしさを教えていただいた。私にとって故郷能登出身の作家を研究することは、同じ風土の中で育った者の利点であり、「自分」とは何かを考えることにもつながることであった。優秀な学生ではなかった私は、仲間と共に遅れたレポートを持って平和町にあった森先生のご自宅に届けたことがある。その度に、先生は勉強不足の私達学生の話をよく聞いて下さった。そんな学生時代の宿題を今でも抱えているような気がしている。

早稲田の専攻科に進んで、杉野要吉、榎本隆司両先生の指導を受けた。尊敬する杉野先生を通じて中野重治研究会に参加し、そこでの研究会活動を通じて本書の校正も手伝っていただいた大場弘幸兄や福田信夫さん（武蔵野書房社主）とも知り合うことができた。この本の「第二部　私の文学散歩」に載せたものの多くは、折に触れて研究会の「月報」に書いたものである。

このように書きながら、様々な先生方や仲間に恵まれ育てていただいたと思う。この本を出版するに際しても、富来町役場の観光商工課のご協力を頂いた。優しい能登の人情をあらためて感じることができた。

そして、現在勤務している京北学園の先生方からも教職上の多くの指導を受けている。

最後に、能登で働く年老いた両親に感謝しこの一冊を送りたい。

杉原米和

二〇〇〇年八月十九日

あとがき

『加能作次郎ノート』（武蔵野書房、二〇〇〇年）は、私の初めての単著である。この本を書いた高校教師の頃は、毎週の研究日になると日本近代文学館に行き、閲覧室で加能作品の雑誌初出や初版本を読んでいた。私の人生にとって、大切な記念碑的な作品である。

私は、大学の卒業論文で郷土作家研究として、同じ能登出身の加能作次郎を対象とした。指導教授は森英一先生（金沢大学名誉教授・日本近代文学）であった。生意気な学生時代から現在まで、先生にはご指導を受けている。先生の師恩がなければ、この本も世に出ることはなかった。

二〇二一年には、四〇年の教師人生の歩みを『共に揺れる、共に育つ』（りょうゆう出版）として出版した。その同じ「りょうゆう出版」で、二〇二二年に『加能作次郎ノート』が電子書籍化され、今度は再刊された。まず代表の安修平さんに、そしてまた、前回に続き快く写真掲載に協力して頂いた志賀町役場の関係者の皆様に感謝申し上げたい。

日本近代文学で、加能作次郎（富来／現志賀町出身。大正から昭和にかけて活躍した自然主義作家）ほど能登の風土と人間を描いた作家はいない。ときめく作家達の中で、加能はあたかも靴職人が靴を作るように、自分の唄を歌った。

加能の第一作は「恭三の父」（明治四三年）、そして亡くなる二年前に書かれた「父の生涯」（昭和一四年）など、何度も父親が作品に描かれている。「父の生涯」は、父と子の関係を描いた「美しい作品」である。加能は、幼くして実母が亡くなり継母に育てられるという生い立ち。その心情を、自らの「継子根性」と書いている。それゆえに、漁夫である父と船の上で過ごす時間を嬉しく感じ、能登の海を母のようにして育つ。この「継子根性」とそこからの救いは、加能文学の重要なテーマとなっている。父親や能登の自然は、母乳のように自らを守り育む存在であった。

『加能作次郎ノート』を出版した時に、「図書新聞」の書評で、菊池章一さん（文芸評論家）が「人間的なるものへのノスタルジー」と書いて下さった。

それは、今も変わらない、私の心の底に流れている「ひと懐かしさ」の感覚である。光と風、ひとと土のぬくい、自然豊かな能登に育った人間だからだと思う。

二〇二三年五月

杉原米和

杉原米和（すぎはらよねかず）
1956年石川県七尾市生まれ。金沢大学教育学部中等国語課程卒業。早稲田大学国語国文学専攻科修了後、京北学園中学高等学校で国語を担当。京北学園白山高等学校副校長、京北幼稚園長、東洋大学京北学園白山高等学校副校長、東洋大学京北中学校副校長を経て、現在は、東洋大学教職センター専門員、井上円了哲学センター客員研究員、江戸川大学非常勤講師として教職志望の学生の指導に携わる。中高教員時代に勤務のかたわら、青山心理臨床教育センターをはじめ7年間カウンセリング研究所で学ぶ。産業カウンセラー、日本カウンセリング学会会員。
いしかわ観光特使、石川県人会常任理事、『石川縣人』編集長など、石川県の情報発信を教育とともにライフワークにしている。2022年1月から「ラジオななお」パーソナリティ。
著書に「関係をはぐくむ教育」（EDI）、「ミリアニア石川の近代文学」（共著・能登印刷出版部）、「白山の丘の上から 生徒と共に生きる」（みくに出版）、「共に揺れる、共に育つ 四十年間教壇に立った或る教師の想い」（りょうゆう出版）。

口絵写真の掲載にあたり、志賀町役場のご協力をいただきました。

上滝達哉様（志賀町役場総務課参事）、瀬戸三代様（能登エンタープライズ代表）には、本書制作にあたりご協力をいただきました。

ここに記して、お礼申し上げます。

加能作次郎ノート

2023年7月23日　初版発行

著　者——杉原米和
発行者——安修平
発行所——合同会社りょうゆう出版
〒349-0217 埼玉県白岡市小久喜1102-4
電話・FAX 0480-47-0016
https://ryoyu-pub.com/

DTP・デザイン——山中俊幸（クールインク）
印刷・製本——株式会社デジタルパブリッシングサービス

ISBN978-4-910675-04-6 C0095